Fiches BAC

Tle spécialité

NOUVEAU BAC

Le Grand Oral

Denise Maréchal

Agrégée de lettres modernes
Chargée de cours en université

Nadine Mouchet

Autrice et formatrice
Conceptrice d'activités pédagogiques sur l'orientation

Pour les différentes spécialités :

Michel Abadie
Véronique Dorget
Sylvie Douglade-Val
Fabien Lamouche
Sylvain Leder
Hervé Mulard
François Porphire
Jean-Philippe Renaud
Jacques Royer
Martine Salmon
Swann Spies
Bérangère Touet

Hatier

Crédits iconographiques
Intérieur : **10** ph © Yuri Arcurs/istockphoto • **16** ph © BlackJack3D/istockphoto • **18** ph © Joe Raedle/Getty Images 2020 • **26** ph © Francois Roux/Alamy/Photo12 • **42g** ph © Matej Kastelic/stock.adobe.com • **42d** ph © Clerkenwell/istockphoto • **44** ph © Manuta/stock.adobe.com • **58** ph © Pranayama/istockphoto • **62** ph © Prod DB © Ingrid Chabert - My Box Productions/DR • **94** ph © All Canada Photos / Alamy Stock Photo
Dépliant : **VII** ph © Chapter 2/Moonshaker II/Pathe/France 2 Cinema/CN6 productions Photo David KOSKAS/coll. Christophel • **IX** ph © My Box Productions/coll. Christophel • **X** ph © Deepol by plainpicture • **XII** ph © SDI Productions/istockphoto

Maquette de principe : Frédéric Jély • **Mise en pages :** STDI
Schémas : STDI et Corédoc • **Iconographie :** Hatier illustration
Édition : Lisa Roche

ISBN 978-2-401-10473-0

SOMMAIRE

Quand vous avez révisé une fiche, cochez la case ❑ correspondante.

Préparation à l'épreuve

Aborder l'épreuve

Trouver une question d'oral

Préparer l'exposé

Faire avancer son projet d'orientation

Améliorer ses capacités oratoires

Réussir l'épreuve le jour J

Exemples de sujets

Sciences

Sciences humaines

Littérature et langues

DÉPLIANT

4 cartes mentales

- **Aborder l'épreuve**
- **Mettre en forme son exposé**
- **Améliorer ses capacités oratoires**
- **Réussir l'épreuve le jour J**

INDEX DES VIDÉOS

Ces vidéos sont accessibles sur la chaîne YouTube annabac et sur la plateforme hatier-clic/fr, à l'aide des mini-liens cités ci-dessous.

Trois simulations de l'épreuve du Grand Oral

- Le Grand Oral de Maths → *hatier-clic.fr/ora_T_01*
- Le Grand Oral de SES → *hatier-clic.fr/ora_T_02*
- Le Grand Oral de SVT → *hatier-clic.fr/ora_T_03*

S'entraîner au Grand Oral sur la forme

- Travailler sa voix → *hatier-clic.fr/21fbgo01*
- Travailler sa posture et sa gestuelle → *hatier-clic.fr/21fbgo02*
- Prendre conscience de l'importance du regard → *hatier-clic.fr/21fbgo03*
- Faire une bonne première impression → *hatier-clic.fr/21fbgo04*

S'entraîner au Grand Oral sur le fond

- Se préparer à deux pour gagner en détermination → *hatier-clic.fr/21fbgo05*
- Parler sans notes avec naturel → *hatier-clic.fr/21fbgo06*
- Savoir attirer l'attention → *hatier-clic.fr/21fbgo07*
- Savoir écouter pour bien argumenter → *hatier-clic.fr/21fbgo08*

Se préparer avant l'épreuve

- Se préparer physiquement → *hatier-clic.fr/21fbgo09*
- Se préparer mentalement → *hatier-clic.fr/21fbgo10*
- Se préparer par la respiration → *hatier-clic.fr/21fbgo11*

Rester zen le jour J

- Faire le calme en soi → *hatier-clic.fr/21fbgo12*
- Apprendre à réguler ses émotions → *hatier-clic.fr/21fbgo13*

Comprendre la structure de l'épreuve

1

OK

I L'exposé de la question

10 min

- La première partie de l'épreuve se déroule comme suit :

1. Vous proposez au jury les **deux questions** que vous avez préparées pendant l'année, en lien avec vos spécialités et votre projet d'études, et en concertation avec vos professeurs ▶ FICHE 3.

2. Le jury en choisit une.

3. Vous avez **20 minutes de préparation** pour vous remémorer votre exposé et réaliser un éventuel support ▶ FICHE 15.

4. Vous disposez ensuite de **10 minutes** pour présenter votre exposé au jury.

- Vous devez d'abord expliquer pourquoi vous avez travaillé sur cette question, puis proposer une réponse argumentée et synthétique. Au-delà de votre maîtrise du sujet, le jury évalue surtout votre **capacité à argumenter** et votre **aisance à l'oral**.

À noter

Pour l'exposé, vous ne pouvez pas apporter de notes, vous devez donc l'avoir bien mémorisé afin de le délivrer de manière naturelle et convaincante ▶ FICHE 14.

II La discussion avec le jury

10 min

- Une fois votre exposé terminé, le jury vous posera des questions pour vous amener à préciser certains points, sonder vos connaissances et évaluer votre **capacité à interagir**.

- Si cet oral n'est pas à proprement parler une évaluation de connaissances, les questions du jury peuvent porter sur **l'ensemble du programme** des spécialités sur lesquelles s'appuie votre question.

- Ce qui prime ici, c'est votre capacité à échanger avec le jury : vous devez vous montrer dynamique et **développer vos idées**, plutôt que de répondre de manière brève et sèche. Pensez notamment à nuancer vos réponses, détailler vos exemples, évoquer les étapes de votre travail et les obstacles que vous avez rencontrés, ouvrir la réflexion vers des questionnements connexes…

- Vous pouvez **orienter l'échange** vers un terrain qui vous est familier en mentionnant pendant l'exposé des éléments que vous maîtrisez bien mais que vous n'avez pas le temps de développer : le jury saisira probablement la perche que vous lui tendez !

ZOOM

Vous avez déjà passé une épreuve orale en 1re lors de l'épreuve anticipée du bac de Français.

Voici les différences entre cette épreuve et le Grand Oral.

	Le Grand Oral	L'oral du bac de Français
Modalités	• posture debout • 10 min d'exposé, 10 min d'entretien • jury d'au moins 2 professeur·es	• posture assise • 10 min d'exposé, 10 min d'entretien • un·e seul·e professeur·e
Contenu	• préparation de 2 questions de votre choix • développer une réponse argumentée à une question	• préparation de textes étudiés en classe • expliquer et analyser un texte
Questions du jury	• en lien avec l'une de vos spécialités ou les deux • en lien avec votre sujet et votre démarche	• en lien avec une seule matière • en lien avec le texte ou le programme

Tenir compte des critères d'évaluation

2

☐ OK

I Qualité orale de l'épreuve

- Cet aspect correspond à la communication non verbale. L'échelle descriptive mentionne la voix, le débit, les nuances, l'engagement dans le discours : il s'agit de capter l'attention de l'auditoire ▶ FICHE 24.
- Quelques conseils pour réussir :
– regardez régulièrement le jury ;
– montrez-vous enthousiaste et convaincant·e ;
– maîtrisez votre débit de parole (respirez, faites des pauses…).

Conseil

Consultez la grille complète sur *bit.ly/21pgo01*. Elle vous sera d'une aide précieuse pour vous auto-évaluer au cours de votre préparation.

II Qualité de la prise de parole en continu

- Ce second aspect concerne l'expression verbale : vocabulaire, syntaxe, ponctuation. Vous devez veiller à vous exprimer de manière claire et dans une langue correcte ▶ FICHE 25.
- Quelques conseils pour réussir :
– utilisez un vocabulaire et un niveau de langue adaptés au contexte ;
– bannissez les tics de langage et les trop longues hésitations ;
– variez les formulations et prenez soin d'articuler.

III Qualité des connaissances

- Cet item évalue la pertinence de votre travail de recherches et votre aisance à en rendre compte. Montrez que la question vous intéresse véritablement et que vous en avez étudié différents aspects.
- Quelques conseils pour réussir :
– formulez une réponse nuancée, prenant en compte différents points de vue ;
– employez un vocabulaire précis et spécifique à votre sujet ;
– renseignez-vous sur les personnes que vous citez (auteurs, chercheurs…).

Conseil

Les questions du jury peuvent porter sur l'ensemble du programme de votre spécialité : faites-vous des fiches au cours de l'année pour faciliter vos révisions.

IV | Qualité de l'interaction

- Ce critère évalue la **fluidité de l'échange** avec le jury. Vous devez pouvoir répondre aux questions, mais également argumenter, justifier vos réponses, ouvrir sur d'autres enjeux, saisir les nuances des questions… ▶ FICHE 29.

- Quelques conseils pour réussir :
- **anticipez** les questions du jury pour mieux vous préparer ;
- prenez quelques secondes pour réfléchir avant de répondre ;
- nuancez votre propos, évitez des réponses trop catégoriques.

V | Qualité et construction de l'argumentation

- Tout au long de l'oral, le jury apprécie votre capacité à **développer une argumentation logique et documentée**. Il ne s'agit pas de défendre votre avis à tout prix, mais de construire des réponses structurées et convaincantes.

- Quelques conseils pour réussir :
- assurez-vous de bien maîtriser votre sujet ;
- entraînez-vous à argumenter et à **justifier vos réponses** au quotidien ;
- travaillez votre intonation et votre gestuelle pour appuyer vos propos.

ZOOM

S'entraîner à plusieurs

Travailler en groupe peut vous être très utile pour préparer cette épreuve. Vous confronter au regard des autres vous aidera à perfectionner votre présentation et à prendre confiance en vous.

Choisir un sujet

3

☐ OK

I Identifier vos centres d'intérêt

- Commencez à réfléchir au Grand Oral dès le début de l'année : listez dans votre journal de bord les thématiques qui vous ont le plus intéressé·e en 1re et feuilletez vos manuels de spécialités pour découvrir les thèmes que vous allez étudier en Tle. Lesquels attirent particulièrement votre attention ? Pourquoi ?

Conseil

Prévoyez un cahier dans lequel vous noterez toutes vos réflexions et vos démarches : vous disposerez ainsi d'un aide-mémoire précieux pour retracer votre cheminement en vue du Grand Oral.

- Inspirez-vous de votre quotidien : un livre, un article, un événement, une émission de télévision ou encore une vidéo vue sur Internet peuvent susciter des interrogations et faire écho au programme de l'une de vos spécialités.

II Discuter, échanger, croiser les regards

- En cours, interrogez vos professeurs sur les aspects du programme qui vous intéressent ou vous intriguent : ils pourront vous suggérer des pistes de réflexion.
- Prenez contact avec des professionnels dans les secteurs qui vous attirent : quel est leur rôle ? Sur quelles problématiques travaillent-ils ? Quels liens pouvez-vous trouver entre leur métier et votre ou vos spécialités ?
- Discutez des thèmes que vous envisagez d'étudier avec vos camarades ou votre famille. Leurs questions vous mèneront sur d'autres chemins ou vous offriront un autre regard. Inversement, les pistes choisies ou écartées par vos camarades peuvent aussi vous donner des idées.

III Formuler une question pertinente

Votre question finale doit remplir trois critères.

1. Être en lien avec le programme de l'une de vos spécialités.

2. Être problématisée : il ne s'agit pas de faire un exposé de vos connaissances sur un point du programme, mais de poser une question et d'y répondre de manière argumentée et nuancée.

3. Être suffisamment précise pour pouvoir être traitée en 5 minutes : plutôt que de balayer trop rapidement un sujet trop vaste, mieux vaut approfondir un aspect plus restreint.

À noter

N'essayez pas de formuler d'emblée une question « parfaite » : vous affinerez la problématisation au fil de vos recherches.

ZOOM

Faire émerger un sujet

- Voici une méthode possible pour faire émerger un sujet à partir des programmes de vos enseignements de spécialité (ici HLP et HGGSP) et de vos centres d'intérêt.
- Il s'agit de procéder par étapes, pour préciser progressivement votre sujet.

Étape	Exemple
1 J'identifie les thématiques qui m'intéressent.	• *l'art du discours (HLP)* • *la politique, l'écologie (HGGSP)*
2 J'en déduis un thème.	*Les discours politiques en lien avec l'écologie*
3 Je définis si nécessaire les bornes de mon sujet.	*Les discours en lien avec l'écologie des trois derniers présidents français*
4 Je fais des recherches préliminaires.	(identifier les discours marquants, en faire une première lecture, repérer les principaux enjeux évoqués...)
5 Je liste les questions qui émergent.	• *Quelle est la rhétorique utilisée pour parler d'écologie ?* • *A-t-elle évolué ? Si oui, comment ?* • *En quoi diffère-t-elle d'un président à l'autre ? etc.*
6 Je formule mon sujet.	*« Comment la rhétorique présidentielle illustre-t-elle un changement de regard politique sur la crise écologique depuis 2007 ? »*

Quiz EXPRESS

Avez-vous bien révisé les fiches 1 à 3 ? On vérifie !

4

1 Comprendre l'épreuve

FICHE 1

Vrai ou faux ?

Le jour de l'oral...	Vrai	Faux
a. ... vous pouvez lire vos notes.	☐	☐
b. ... vous devez traiter les deux questions préparées pendant l'année.	☐	☐
c. ... vous pouvez réaliser un document support pendant le temps de préparation.	☐	☐

2 Connaître les critères d'évaluation

FICHE 2

Reliez chaque indicateur au critère correspondant.

a. Mon exposé est structuré et mes réponses sont justifiées. •	• qualité orale de l'épreuve
b. Je sais définir les notions clés de mon exposé. •	• qualité de la prise de parole en continu
c. J'appuie mes propos avec une gestuelle pertinente. •	• qualité des connaissances
d. Je m'exprime en utilisant un vocabulaire technique, adapté à mon sujet. •	• qualité de l'interaction
e. Je rebondis sur les questions posées par le jury. •	• qualité et construction de l'argumentation

3 Choisir un sujet

FICHE 3

Votre question est satisfaisante si :

- ☐ a. elle permet de croiser vos deux spécialités
- ☐ b. vous pouvez la traiter en 5 minutes
- ☐ c. elle n'a jamais été traitée auparavant

CORRIGÉS

1 Comprendre l'épreuve

a. **Faux**.

Vous pouvez préparer des notes pour suivre le fil de votre exposé, mais pas les lire directement.

b. **Faux**.

Le jury choisit une question parmi les deux que vous lui proposez.

c. **Vrai**.

La possibilité vous est offerte de réaliser un document support mais ce n'est pas une obligation.

2 Connaître les critères d'évaluation

a. Mon exposé est structuré et mes réponses sont justifiées.	qualité et construction de l'argumentation
b. Je sais définir les notions clés de mon exposé.	qualité des connaissances
c. J'appuie mes propos avec une gestuelle pertinente.	qualité orale de l'épreuve
d. Je m'exprime en utilisant un vocabulaire technique, adapté à mon sujet.	qualité de la prise de parole en continu
e. Je rebondis sur les questions posées par le jury.	qualité de l'interaction

3 Choisir un sujet

Réponse b.

Votre question peut croiser vos deux spécialités mais ce n'est pas indispensable.

Trouver une question d'oral en maths

5

☐ OK

I Questions en lien avec une autre discipline

Certains thèmes du programme de la spécialité Mathématiques se prêtent bien à une question portant sur une application dans une autre discipline.

Physique-chimie	• Comment étudier l'évolution au cours du temps d'une population de noyaux radioactifs, et quelles sont les applications d'une telle étude ? • Quelles équations différentielles permettent d'étudier le mouvement d'une particule dans un champ électrique ? • Comment étudier avec les logarithmes le niveau d'intensité sonore d'un signal ?
SVT	• Comment les probabilités conditionnelles permettent-elles de modéliser l'évolution de la fréquence des allèles dans une population ? • En quoi une modélisation statistique favorise-t-elle la compréhension des variations climatiques passées ?
NSI	• Comment exploiter les logarithmes pour étudier et optimiser le coût d'exécution, en temps ou en mémoire, d'un programme ? • En quoi la notion de récurrence intervient-elle dans l'élaboration et le fonctionnement d'un programme récursif ?

II Questions en lien avec l'histoire des mathématiques

Des sujets historiques peuvent permettre de clarifier le sens de certaines notions :

- Comment donner une approximation d'un nombre réel à l'aide de suites ?
- Quelles sont les grandes étapes historiques de l'élaboration du raisonnement par récurrence ?
- Par quelles méthodes peut-on déterminer une valeur approchée de l'aire sous la courbe d'une fonction ?

III Questions en lien avec les approfondissements du programme

Voici quelques exemples des « approfondissements » signalés dans le programme pour servir au choix de la question d'oral :

- Comment définir le barycentre d'un système de points pondérés et comment l'utiliser pour montrer que trois points sont alignés ou que trois droites sont concourantes ?
- Comment l'équation logistique modélise-t-elle l'évolution d'une population ?
- Comment modéliser un oscillateur à l'aide d'une équation différentielle ?
- Comment démontrer en utilisant des suites adjacentes qu'un nombre n'est pas un nombre rationnel ?

ZOOM

Choisir une question de mathématiques appliquées

- La **modélisation** est la conception d'un modèle théorique qui permet, grâce à une étude mathématique, de résoudre des problèmes issus de domaines variés (physique, biologie, économie...).
- La crise sanitaire liée à l'épidémie de Covid-19 a mis en évidence l'importance des mathématiques dans la **modélisation de l'évolution d'une épidémie**, et le rôle de cette modélisation dans la prise de décisions d'ordre sanitaire et politique.
- Une question sur ce sujet pourrait être : « Quels sont les paramètres pris en compte dans l'élaboration des modélisations de la diffusion de l'épidémie de Covid-19 pour la mise en place de mesures sanitaires ? ».

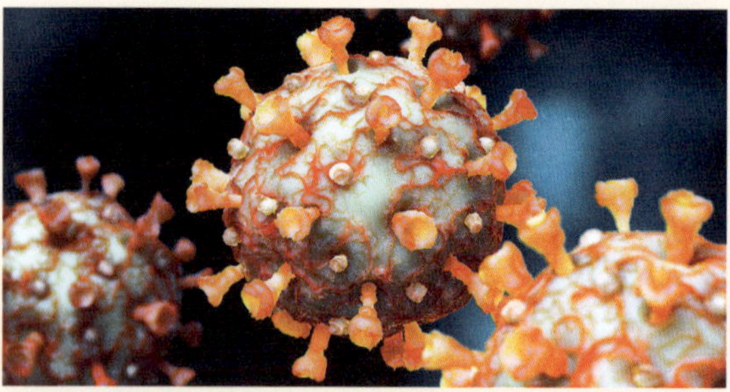

Le virus SARS-CoV-2, responsable de la maladie Covid-19, en image de synthèse, d'après des observations au microscope électronique.

Trouver une question d'oral en physique-chimie

6

☐ OK

I Questions en lien avec une autre discipline

Les exemples de questions données ici permettent de mettre en lumière les grands enjeux du programme de physique-chimie : la démarche scientifique ; la pratique expérimentale ; la modélisation ; la mesure et les incertitudes.

À noter

Ce type de questions nécessite souvent d'adosser le discours à plusieurs parties du programme du cycle terminal.

SVT	• Comment la chimie dite « verte » est-elle au service de la protection de l'environnement ? • Comment la thermodynamique contribue-t-elle à la modélisation de l'effet de serre ? • Comment les progrès de la physique-chimie et les innovations technologiques contribuent-ils à réduire l'émission des gaz à effet de serre ?
Sciences de l'ingénieur	• Comment la physique contribue-t-elle au développement raisonné de l'utilisation des sources d'énergie renouvelables ? • Comment les capteurs capacitifs d'une tablette fonctionnent-ils ? • Comment le phénomène d'interférence est-il exploité pour la lecture optique ?
Maths	• Comment Newton s'est-il appuyé sur les travaux de Galilée et de Kepler pour établir sa théorie de la gravitation universelle ? • Modélisations mathématiques des grandeurs mécaniques : pourquoi les modèles vectoriels sont-ils adaptés ? • Comment modéliser l'évolution temporelle d'une population de noyaux radioactifs ?
NSI	• Comment peut-on simuler l'influence des facteurs cinétiques « température » et « concentration d'un réactif » à l'aide d'un langage de programmation ? • Quelles informations obtient-on lorsqu'on simule, à l'aide d'un langage de programmation, le processus aléatoire de désintégration radioactive ?

II Questions sur une partie spécifique du programme

Voici des exemples de questions en lien avec le seul programme de Physique-chimie :

- Comment les techniques expérimentales de laboratoire permettent-elles d'appréhender les paramètres influençant une transformation chimique et d'élaborer des stratégies de synthèse limitant l'impact environnemental ?
- En quoi le développement de la médecine nucléaire est-il intimement lié à la compréhension de la radioactivité ? ▶ FICHE 34
- Comment le décalage vers le rouge mis en évidence par Hubble a-t-il constitué la première preuve expérimentale en faveur du modèle de l'expansion de l'Univers ?
- Pourquoi le modèle du gaz parfait a-t-il un domaine de validité restreint ?
- Les composés odorants : comment les extraire de manière écoresponsable ? ▶ FICHE 35

ZOOM

Choisir un sujet en lien avec l'actualité scientifique

Une actualité scientifique ou technologique récente peut constituer une excellente entrée pour élaborer une question d'oral.

- La première précaution à prendre est de **vérifier la véracité** de cette actualité ▶ FICHE 8.
- La deuxième étape est de **rechercher les liens** entre cette actualité et votre programme de Physique-chimie et, éventuellement, celui de votre deuxième spécialité. Par exemple, les caractéristiques du premier vol habité privé SpaceX vers l'ISS en mai 2020 permettent de balayer largement la partie de programme « Mouvement et interaction », et en particulier le thème du « Mouvement dans le champ de gravitation ».
- Question possible : Comment les lois de Newton permettent-elles d'établir certaines caractéristiques du mouvement de la fusée Falcon 9 de SpaceX vers l'ISS ?

La fusée Falcon 9 de SpaceX en plein décollage, le 11 mai 2020.

Trouver une question d'oral en SVT

7

☐ OK

I Questions en lien avec le programme de l'écrit

C'est vous qui choisissez la question sur laquelle vous voulez travailler : les possibilités sont nombreuses, tant qu'il y a un lien avec le programme et avec votre projet d'orientation ▶ FICHE 3. Voici quelques pistes :

Thèmes	Idées de sujets
Brassages génétiques (en lien avec le programme de 1re)	• Quelle est la probabilité de posséder un sosie ? • Pourquoi la plupart des greffes d'organe sont-elles rejetées par le receveur ? • Comment les cancers peuvent-ils se développer chez les enfants ? • Comment expliquer le syndrome de Down ?
Histoire de la Terre et climats du passé (en lien avec le programme de 1re)	• Quel était le climat au moment de la formation de la roche se trouvant sous mon lycée ? • Quand et comment s'est formé le paysage autour de chez moi ? • Chez moi, on trouve souvent des fossiles de ... : peuvent-ils servir à la stratigraphie ?
Organisation fonctionnelle des plantes à fleur	• En quoi les fongicides (ou les insecticides) peuvent-ils poser des problèmes en agriculture ? • Comment une plante peut-elle survivre en milieu désertique ?
Fonctionnement du système neuromusculaire	• Les produits dopants ont-ils le même effet chez tout le monde ? • Qu'est-ce que la myopathie de Duchenne ? • Comment récupérer d'atteintes de la moelle épinière après un accident de la route ?

Conseil

Le programme de SVT de 1re et Terminale étant très vaste, vous pouvez quasiment choisir n'importe quel thème de biologie ou de géologie... Ne réfrénez pas votre imagination !

II Questions en lien avec les autres thèmes

Les thèmes étudiés après les épreuves écrites se prêtent bien à des rapprochements avec d'autres spécialités.

Thèmes	Idées de sujets
Évolution non génétique	• Existe-t-il des cultures animales ? • Comment les langues évoluent-elles au cours du temps ?
Domestication des plantes	• Quels sont les avantages des OGM ? • Comment protéger les pommiers de certaines maladies, telle la tavelure ?
Réchauffement climatique	• Comment modéliser l'évolution de la température mondiale ? • Quelles sont les conséquences du réchauffement climatique dans les échanges économiques intercontinentaux ?
L'organisme face au stress	• Comment le stress agit-il sur nous ? • La méditation peut-elle lutter contre le stress ?

ZOOM

Réaliser des recherches Internet précises

- Les résultats que le moteur de recherche vous renvoie dépendent des mots-clés choisis : utilisez **les mots les plus précis** pour obtenir une information la plus fiable possible. La fiabilité de l'information dépend aussi de **la nature des sites** ▶ FICHE 8.
- Imaginons que vous recherchiez des informations sur une maladie de la pomme : la tavelure (*apple scab* en anglais), due à un champignon, *Venturia inaequalis*. Voici, pour quatre recherches différentes, les dix premiers sites proposés par Google.

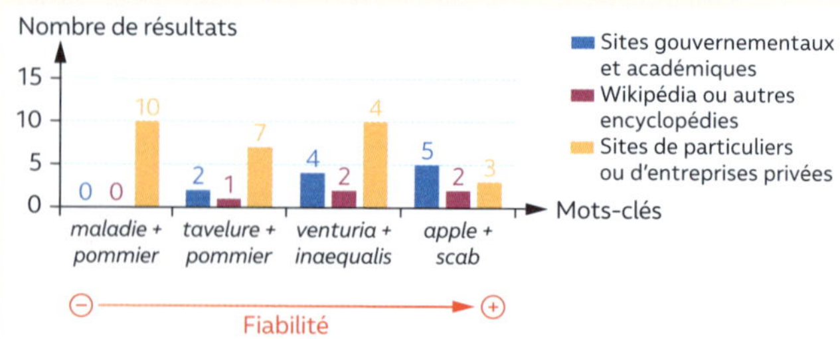

Trouver une question d'oral en SES

8

☐ OK

I Questions en lien avec le programme de SES

Un sujet d'oral n'est pas une simple question dont la réponse consiste à réciter son cours, mais une problématique nécessitant des recherches personnelles ▶ FICHE 3. Voici quelques exemples pour vous inspirer.

À noter

Réfléchissez à vos questions dès le début de l'année : consultez le programme officiel (sur *eduscol.fr*) et répertoriez les thèmes qui le structurent. Vous pouvez aussi utiliser votre manuel.

Comment les transformations de l'emploi nuisent-elles à la fonction intégratrice du travail ?

Deux thèmes du programme sont nécessaires pour répondre exhaustivement à ce sujet : le thème « Comment lutter contre le chômage ? », qui revient sur les politiques de l'emploi et, en particulier, sur la flexibilisation du marché du travail, et le thème « Quelles mutations du travail et de l'emploi ? », qui interroge directement le lien entre l'organisation du travail, ses mutations et l'intégration par le travail.

La structure sociale en France peut-elle être analysée en termes de classes sociales ?

Les arguments et les théories nécessaires sont présentés dans le thème « Comment est struturée la société française actuelle ? ».

Comment a évolué l'action collective depuis 1970 ?

La réponse peut être construite en articulant le thème « Comment expliquer l'engagement politique dans les sociétés démocratiques ? » et des références à l'art contestataire dans la littérature ou le cinéma.

En France, les inégalités économiques ont-elles diminué depuis 1970 ?

À partir du thème « Quelles inégalités sont compatibles avec les différentes conceptions de la justice sociale ? », vous analyserez les inégalités de salaire, de revenu, de niveau de vie et de patrimoine pour montrer, grâce aux outils statistiques (écarts et rapports interdéciles, moyennes, médianes, etc.), que l'évolution des inégalités dépend en partie de l'outil de mesure.

À noter

Vous devez impérativement faire valider votre sujet par votre professeur de SES.

II Questions en lien avec une autre discipline

Croiser le travail de deux spécialités rendra vos recherches plus complexes, mais votre exposé sera aussi plus intéressant et valorisé par le jury.

La mondialisation est-elle profitable à tous ?

Le thème « Quels sont les fondements du commerce international et de l'internationalisation de la production ? » s'articule logiquement avec le grand thème de géographie « Les territoires dans la mondialisation : entre intégrations et rivalités ».

La croissance économique est-elle compatible avec la préservation de l'environnement ? ▶ FICHE 38

Dans le programme de SES, les thèmes « Quels sont les sources et les défis de la croissance économique ? » et « Quelle action publique pour l'environnement ? » soulèvent le problème et apportent des pistes de solution. Vous pourrez aussi vous appuyer sur le thème du programme de spécialité HGGSP qui aborde « L'environnement, entre exploitation et protection : un enjeu planétaire », ou celui de SVT portant sur le réchauffement climatique.

ZOOM

Comment repérer les *fake news* sur Internet ?

1 Identifier la source Explorez le site et déterminez sa finalité et son auteur.	**2 Vérifier la vocation du site** Assurez-vous que ce n'est pas un site humoristique ou satirique.	**3 Aller au-delà du titre** Le titre peut être racoleur : lisez l'article en entier.	**4 Vérifier la date** Un partage récent ne veut pas dire que l'article est d'actualité.
5 Se renseigner sur l'auteur Faites une recherche rapide sur l'auteur. Existe-t-il ? Est-il fiable ?	**6 Vérifier les sources** Si l'article indique ses sources, consultez-les pour vous assurer qu'elles confirment bien le propos.	**7 Évaluer ses préjugés** Analysez vos propres opinions, qui peuvent affecter votre jugement.	**8 S'adresser à des expert·es** Consultez un·e bibliothécaire, un·e enseignant·e, un site de vérification…

D'après la Fédération internationale des associations et institutions de bibliothèques (IFLA)

Trouver une question d'oral en HGGSP

9

OK

I Questions en lien avec le programme d'HGGSP

1 Des exemples non étudiés en cours

Comment l'Inde est-elle devenue une puissance spatiale ?

Cette question s'inscrit dans le thème 1 du programme, « De nouveaux espaces de conquête ». Vous présenterez les enjeux (scientifiques, géopolitiques, économiques) de la course à l'espace pour cet État puis les récents succès de la politique spatiale indienne.

> **À noter**
> Ce sujet peut également s'appuyer sur le programme de 1re, où il est question de l'Inde.

Pourquoi peut-on parler de « guerre des mémoires » à propos de la guerre d'Algérie ?

Cette question concerne le thème 3, « Histoire et mémoires ». En vous appuyant sur les travaux de Benjamin Stora, vous présenterez les enjeux, les acteurs et les répercussions contemporaines de ce conflit mémoriel.

En quoi *L'Histoire du climat depuis l'an mil* d'Emmanuel Le Roy Ladurie (1990) est-il un ouvrage novateur ?

Cette question s'inscrit dans le thème 5, « L'environnement, entre exploitation et protection ». Vous présenterez la méthode utilisée, les principaux apports historiques et l'éclairage que ce livre apporte sur le réchauffement climatique actuel.

2 Des exemples en lien avec une question d'actualité

Pourquoi peut-on dire que le conflit yéménite se déroule à différentes échelles ?

Ce sujet est lié au thème 2 du programme : « Faire la guerre, faire la paix ». Vous distinguerez les différentes échelles du conflit (nationale, régionale, mondiale) en lien avec ses acteurs et ses enjeux.

Comment expliquer l'importance de la mobilisation pour la reconstruction de Notre-Dame de Paris ?

Ce sujet porte sur le thème 4 : « Identifier, protéger et valoriser le patrimoine ». Vous soulignerez les différentes dimensions de cette mobilisation (culturelle, patrimoniale, économique, géopolitique) en précisant les acteurs concernés.

II Questions en lien avec d'autres spécialités

- De nombreux croisements sont possibles avec la **spécialité SES**. Par exemple, le thème de SES « Quelle action publique pour l'environnement ? » peut être rapproché du thème 5 d'HGGSP (« L'environnement, entre exploitation et protection ») et donner matière à une question telle que : « La Californie est-elle un modèle de transition énergétique ? ».
- La **spécialité HLP** (Humanités, littérature et philosophie) permet aussi des rapprochements, notamment autour de la thématique « L'humanité en question / Histoire et violence ». Par exemple : « Comment Primo Levi rend-il compte de la violence concentrationnaire dans *Si c'est un homme* ? » (thème 3 d'HGGSP, « Histoire et mémoires »).

ZOOM

Faire le lien entre le programme et une question d'actualité

- Votre sujet doit avoir **un lien avec le programme.** Par exemple, un sujet sur la guerre au Yémen, qui dure depuis 2013, s'intègre dans l'objet de travail conclusif consacré au Moyen-Orient (thème 2).
- Vous devez choisir une formulation de la question permettant de **contextualiser** une partie du programme. Celui-ci mentionne les « conflits régionaux » et « des acteurs internationaux ». Vous pouvez mobiliser la notion d'échelle géographique pour problématiser votre sujet : « Pourquoi peut-on dire que le conflit yéménite se déroule à différentes échelles ? ».

La rivalité Iran-Arabie saoudite

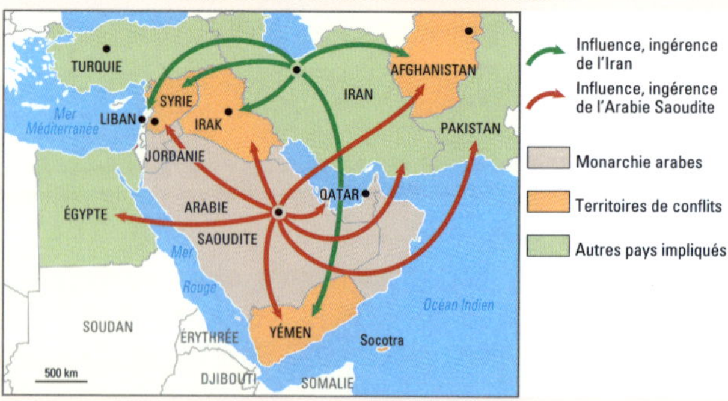

Trouver une question d'oral en HLP

10

☐ OK

I Questions en lien avec le programme d'HLP

Voici quelques pistes parmi tant d'autres possibles :

Thèmes	Idées de sujets
Les pouvoirs de la parole (1re)	• Être illettré empêche-t-il d'être compétent ? • Choisit-on d'écrire pour persuader les autres de quelque chose ?
Les représentations du monde (1re)	• L'exigence de vérité est-elle compatible avec le souci d'être tolérant ? • L'écrivain réinvente-t-il le monde en le décrivant ?
La recherche de soi (Tle)	• Pour mieux se connaître, faut-il vivre ses rêves ou les comprendre ? • Peut-on se raconter sur les réseaux sociaux ?
L'humanité en question (Tle)	• La technique peut-elle transformer l'homme comme elle a transformé la nature ? • Faut-il considérer l'histoire comme un roman vrai ?

II Questions en lien avec un autre enseignement

Vous pouvez également traiter une question adossée à la fois à HLP et à un autre enseignement de spécialité.

SVT	• Quelle représentation les humains doivent-ils se faire de la nature pour devenir responsables ? • L'humanité moderne fabrique-t-elle ses propres maux ?
SES	• L'accroissement des échanges favorise-t-il la paix ? • L'éducation est-elle une marchandise comme une autre ?
HGGSP	• Le devoir de mémoire est-il concevable sans un travail de mémoire ? • La bataille de l'image a-t-elle supplanté le débat d'idée dans les démocraties modernes ?
LLCE	• La langue est-elle un moyen d'expression comme un autre ? • Peut-on traduire une œuvre littéraire sans la trahir ?

ZOOM

Confronter les approches de deux spécialités

L'intérêt des questions adossées à deux enseignements de spécialité différents est de confronter les apports de l'un et de l'autre : ils se révéleront le plus souvent complémentaires.

- Dans le sujet « Est-il vrai que l'humanité fabrique ses propres maux ? », en lien avec les programmes de HLP et de SVT, le terme « maux » renvoie tout autant à la notion de « malheur » qu'à celle de « maladie ».
- Les données de la science permettront de mieux apprécier la valeur de cette opinion, et la culture classique d'en mieux comprendre les origines. L'ensemble conduit à une réflexion sur les dangers d'un mode de vie jugé, à tort ou à raison, trop éloigné de la nature.
- Un tel sujet intéressera notamment des élèves se destinant à des études dans le domaine de la santé ou du développement durable.

Jardin sur le toit d'un immeuble à New York : dans les grandes métropoles, la nature se trouve souvent réduite à portion congrue.

Trouver une question d'oral en Anglais (AMC ou LLCE)

10

☐ OK

I Questions en lien avec le programme d'AMC

Le programme d'Anglais Monde Contemporain traite de problématiques actuelles et permet donc des croisements faciles avec HGGSP, SES, SVT ou HLP.

Axes d'étude	Sujets
Thématique 1 : « Faire société »	
1. Unité et pluralité	*How does the UK manage to integrate/ assimilate its multicultural groups?*
2. Libertés publiques et libertés individuelles	*Does freedom of speech guarantee or threaten public order in the US?*
3. Égalités et inégalités	*Can you still believe in the American Dream?*
Thématique 2 : « Environnements en mutation »	
1. Frontière et espace	*How are Inuit territory and heritage threatened by climate change?*
2. De la protection de la nature à la transition écologique	*How do American citizens and government try and fight against natural disasters?*
3. Repenser la ville	*Megacities (London, Mumbai, New York) : a threat to sustainability?*
Thématique 3 : « Relation au monde »	
1. Puissance et influence	*How effective is America's soft power through its films and series?*
2. Rivalités et interdépendances	*To what extent could the ownership of the North Pole be a benefit for Canada?*
3. Héritage commun et diversité	*Have Aborigines lost their identity in today's Australia?*

II Questions en lien avec le progamme de LLCE

Le programme de Langues, Littératures et Cultures Étrangères, plus littéraire, permet des croisements avec HLP, les Arts ou HGGSP.

Axes d'étude	Sujets
Thématique 1 : « Arts et débats d'idées »	
1. Art et contestation	*What were the attempts at criticising Victorian society through art and literature?*
2. L'art qui fait débat	*Does controversial art help society progress?*
3. L'art du débat	*Does debating mean empowerment?*
Thématique 2 : « Expression et construction de soi »	
1. L'expression des émotions	*Should artists/writers give vent to their emotions or keep them at a distance?*
2. Mise en scène de soi	*Does an artwork define its creator?*
3. Initiation, apprentissage	*To what extent can art be a guide?*
Thématique 3 : « Voyages, territoires, frontières »	
1. Exploration et aventure	*How does art convey the myth of the Frontier in the US?*
2. Ancrage et héritage	*How is Celtic culture revived in art?*
3. Migration et exil	*What does it mean to be an exile from a former colony and live in the UK?*

ZOOM

Exemples de questions pour un même thème

La conquête spatiale (*the Last Frontier*)

LLCE : *What vision of the future does the Last Frontier create ?*
→ Kennedy's moon speech, sci-fi movies and novels, songs like "Space Oddity"...

AMC : *What are the political consequences of the conquest of space ?*
→ Kennedy's moon speech, space race with the USSR, superpowers vying for foothold on Mars...

Quiz EXPRESS 12

Avez-vous bien révisé les fiches 5 à 11 ? On vérifie !

1 Maths, Physique-chimie, SVT

▶ FICHES 5 À 7

1. Parmi ces trois questions portant sur les programmes des spécialités Maths et Physique-Chimie, laquelle vous semble la mieux formulée ?

☐ **a.** Qu'est-ce qu'un vecteur ?

☐ **b.** Comment les vecteurs permettent-ils une description du mouvement ?

☐ **c.** Peut-on utiliser des vecteurs pour décrire un mouvement ?

2. Vous souhaitez allier géologie et mathématiques, en mettant l'accent sur les maths. Quelle question vous permettrait de remplir le mieux votre objectif ?

☐ **a.** Que représente la magnitude absolue d'un séisme et comment l'estimer ?

☐ **b.** Comment enregistrer les ondes sismiques et expliquer les dégâts qu'elles occasionnent ?

☐ **c.** Comment limiter les risques liés aux aléas sismiques ?

2 Maths et SES

▶ FICHES 5 & 8

Vous souhaitez faire des études de commerce ou de marketing, et vous avez choisi les spécialités Maths et SES. Quelle question serait la plus pertinente par rapport à votre projet ?

☐ **a.** La mondialisation est-elle profitable à tous ?

☐ **b.** Comment estimer les ventes futures d'un produit ?

☐ **c.** Comment différencier le taux d'intérêt nominal et le taux d'intérêt réel d'un placement ou d'un emprunt ?

3 HLP et HGGSP

▶ FICHES 9 & 10

Parmi ces trois questions portant sur les programmes des spécialités HLP et HGGSP, laquelle vous semble la mieux formulée ?

☐ **a.** L'être humain a-t-il atteint ses limites ?

☐ **b.** La guerre montre-t-elle les limites de l'humanité ?

☐ **c.** En quoi les récents conflits internationaux éclairent-ils une nouvelle vision de l'humanité ?

CORRIGÉS

1 Maths, Physique-chimie, SVT

1. Réponse b.

La proposition **a** n'est pas problématisée et la c est une question fermée qui n'appelle qu'une réponse par oui ou par non.

2. Réponse a.

Cette question permet de faire appel à la notion d'échelle logarithmique en maths, et d'expliquer complètement comment passer de l'enregistrement sismique à la notion de magnitude. Formulées ainsi, les deux autres propositions font plutôt appel aux notions relevant des SVT et de la physique-chimie, ou des SES, mais ne nécessitent a priori pas de développements particuliers en maths.

2 Maths et SES

Réponse b.

Cette question croise vos deux spécialités et vous fait toucher du doigt un enjeu concret du marketing.

3 HLP et HGGSP

Réponse c.

La proposition **a** ne concerne que le programme de HLP et la proposition **b** est trop large.

Construire sa présentation

13

☐ OK

I | Se documenter, chercher des idées

1 Se constituer une bibliographie pertinente

- Pour chaque question, établissez une liste de mots-clés : ils vont vous permettre d'interroger Internet mais aussi le catalogue de votre CDI ou de la médiathèque de votre quartier.
- Consultez les documents ainsi sélectionnés, des plus généraux (manuels, encyclopédies) aux plus spécialisés.
- Dans le cas de recherches sur Internet, pensez à vérifier la fiabilité des sites que vous consultez à l'aide de ces questions ▶ FICHE 8 :

1. Qui est l'auteur du site ? Quelle est son expertise sur le sujet ?
2. De quand datent les informations ?
3. L'exposé est-il clairement construit, solidement argumenté ?

Conseil

Commencez par lire les informations données sur la page de présentation du site, souvent intitulée « À propos ».

2 Garder la trace de ses recherches

- « Fichez » chacun des documents consultés : le support peut être, selon votre préférence, physique (fiche Bristol) ou numérique.
- Opérez un premier tri lors de la mise en fiche : reformulez les idées qui vous paraissent essentielles, en distinguant bien les arguments des exemples. Vous pouvez également recopier de courtes citations si elles vous paraissent particulièrement éclairantes.

FICHE DOCUMENT

Source :

Sujet :

Idées clés :

•

•

•

Citation :

Conseil

Notez précisément la source : le titre de l'ouvrage ou du site, le nom de l'auteur, la date de publication, ainsi que les pages consultées.

II Organiser ses idées

1 Plusieurs méthodes de classement

- Au fil de vos prises de notes, vous allez être conduit·e à regrouper vos idées autour de lignes directrices : une organisation de votre exposé se dessine progressivement. Essayez de la traduire sous forme de carte mentale.
- Si vous avez du mal à faire émerger les grands axes, vous pouvez recourir à la méthode des post-it.

1. Écrivez une idée clé par post-it.
2. Ajoutez, le cas échéant, des exemples sur des post-it d'une autre couleur.
3. Sur un mur, déplacez les post-it jusqu'à ce qu'ils s'enchaînent logiquement.

2 Le choix du plan

Votre plan dépend de la question choisie. Le plus souvent, cependant, vous avez le choix entre un plan thématique et un plan dialectique.

	Objectif	Type de question
Plan thématique	Il permet d'approfondir les différents aspects d'un sujet.	Il correspond à une question qui se subdivise en différentes sous-questions.
Plan dialectique	Il oppose deux thèses puis opère une synthèse des points de vue.	Il correspond à une question qui implique une discussion, un dilemme.

ZOOM

Mettre son plan sous forme de carte mentale

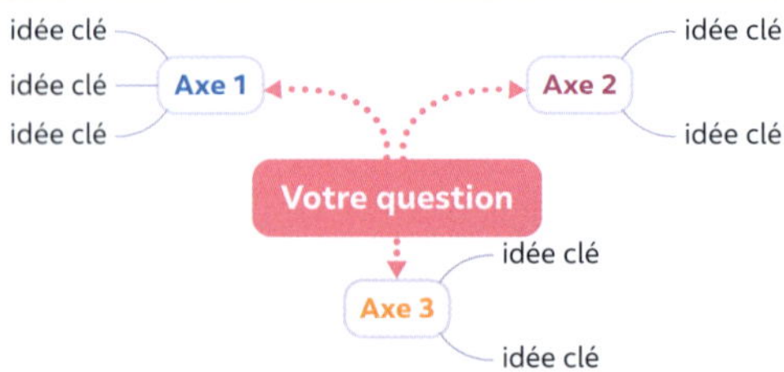

Préparer et mémoriser l'exposé

14

☐ OK

I Rédiger une trame précise

Une fois que vous êtes au clair sur la structure générale de votre exposé, vous devez mettre par écrit le déroulement de votre argumentation, sous la forme d'un **plan semi-rédigé**.

1 L'introduction

- L'introduction doit montrer : que **votre sujet est intéressant** ; que vous l'avez bien cerné ; que votre plan découle de la question posée et y répond.
- Elle comprend **trois étapes** qui s'enchaînent logiquement.

1. L'accroche	En une ou deux phrases, amenez progressivement votre sujet.
2. La question	Posez clairement la question à laquelle vous allez répondre et explicitez-la.
3. Le plan	Annoncez les deux ou trois grands axes, de manière que le jury comprenne d'emblée l'organisation de l'exposé.

2 Le corps de l'exposé

- Recopiez le plan que vous avez établi et remplissez-le de manière télégraphique, à l'aide de listes à puces.
- N'oubliez pas d'**appuyer chaque argument** par un exemple vérifié.
- Distinguez bien les informations nécessaires à la bonne compréhension du sujet de celles qui sont secondaires et que vous pourrez préciser dans l'entretien.

3 La conclusion

- Soignez votre conclusion : le jour J, elle devra **marquer votre auditoire**.
- Elle se compose de **deux parties** :

1. Le bilan	Reprenez les étapes du développement et répondez à la question initiale.
2. L'ouverture	Élargissez le champ de la réflexion à l'aide d'une citation, d'un fait d'actualité, d'une question proche…

II | Mémoriser la présentation, puis simuler l'épreuve

L'exposé est prêt : il est temps de préparer sa restitution orale.

1 Faire travailler sa mémoire

- Vous devez avoir une **connaissance précise** du contenu de votre exposé, de telle manière que les idées se rappelleront à vous naturellement le jour de l'épreuve et que vous pourrez consacrer toute votre attention à votre auditoire.
- Pour ce faire, **sollicitez vos différentes mémoires** (visuelle, auditive, kinesthésique...) pour fixer le déroulement, puis récitez-vous plusieurs fois à vous-même l'exposé de manière à vous en souvenir durablement.

> **À noter**
> Des chercheurs ont prouvé qu'il faut refaire au moins sept fois le chemin vers un souvenir pour l'ancrer durablement.

2 Simuler un oral blanc

- Quand vous avez mémorisé votre exposé, présentez-le à **votre entourage** (professeurs, parents, camarades). Demandez-leur d'évaluer votre prestation selon ces trois principaux critères :

1. Pertinence	Ai-je bien répondu à la question posée ?
2. Clarté	Qu'est-ce qui était clair ? moins clair ?
3. Efficacité	Ai-je retenu votre attention ? Comment puis-je le faire mieux ?

- Ils peuvent aussi vous **poser des questions** sur le contenu de la présentation : cela vous entraînera pour l'entretien.

ZOOM

Comment mémoriser efficacement ?

Pour mémoriser facilement

- **Comprendre**
  Vous devez être en mesure d'expliquer avec vos propres mots chaque notion ou processus évoqué.
- **Faire des liens**
  Plus l'enchaînement de vos idées est logique, plus il sera facile de le restituer sans perdre le fil.
- **Répéter de manière espacée**
  Essayez de présenter votre exposé de mémoire puis renouvelez l'expérience le lendemain, puis 3 jours après, puis une semaine après. Le contenu s'ancrera ainsi durablement dans votre mémoire.

Imaginer un support écrit

15

☐ OK

I Comprendre le rôle du support

- Le support peut remplir plusieurs objectifs. Il peut par exemple s'agir de notes ou d'une trame de prise de parole. Sinon, il sert à aider le jury à bien comprendre un aspect de votre exposé ou à en suivre le fil. Vous le réalisez pendant le temps de préparation et vous pouvez le présenter au jury pendant la présentation (mais pas le lui remettre). Il doit **compléter votre présentation** et non s'y substituer.

> **Conseil**
> La réalisation d'un support n'est pas obligatoire, mais autant profiter de la possibilité qui vous est offerte !

- Le support est un outil sur lequel vous pourrez vous appuyer pour **clarifier et renforcer votre propos**. Si vous le présentez au jury, il doit être suffisamment simple et facile à comprendre pour ne pas détourner l'attention de votre présentation orale.
- Votre support ne doit **en aucun cas** être un texte rédigé : le jury ne pourra pas le lire tout en vous écoutant !

II Concevoir un support pertinent pour le jury

- Si votre support est destiné au jury, la forme du support dépend de votre sujet et de l'objectif recherché. Privilégiez une forme **visuelle** et assurez-vous qu'elle soit immédiatement compréhensible pour le jury.

> **Conseil**
> N'oubliez pas de donner un titre à votre support.

- Voici quelques exemples :

Objectif recherché	Support possible
situer des événements dans le temps	frise chronologique
illustrer un mécanisme, un processus, un phénomène…	dessin, schéma, croquis, graphique…
synthétiser vos idées	carte mentale, schéma bilan
aider le jury à suivre votre propos	plan de la présentation, formule mathématique, citation ou court extrait littéraire que vous commentez à l'oral…

● Cette liste est loin d'être exhaustive : à vous de déterminer **le support le plus pertinent** pour votre sujet. Pour cela, identifiez les éléments les plus importants ou les plus complexes de votre exposé et demandez-vous quel type de support vous permettra de les communiquer efficacement.

● Veillez à ce que le support **s'intègre** bien à votre présentation et prévoyez à quel(s) moment(s) de l'exposé vous allez y faire référence.

> **Conseil**
> Quelle que soit la forme choisie, soignez l'écriture et la présentation pour garantir la clarté et la lisibilité de votre production.

ZOOM

Réaliser un support visuel

Quelle que soit la forme choisie, vous devez en respecter les codes et les contraintes :

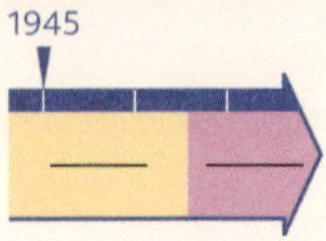

- Sur une **frise chronologique**, nommez les périodes représentées et situez les événements ponctuels en respectant l'échelle de temps.

- Dans le cas d'une **carte mentale**, hiérarchisez clairement les niveaux d'informations (majuscules/minuscules, épaisseur du trait, couleurs…)

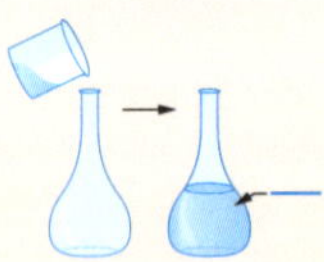

- Pour un **schéma** ou un **croquis**, utilisez un code couleur et des symboles adaptés, explicités par une légende.

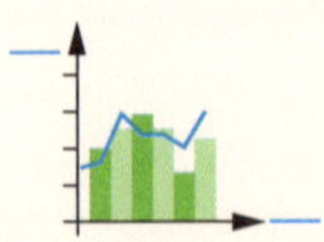

- Sur un **graphique**, n'oubliez pas d'indiquer la nature des informations présentées et les unités utilisées.

Quiz EXPRESS 16

Avez-vous bien révisé les fiches 13 à 15 ? On vérifie !

1 Construire sa présentation

▶ FICHE 13

En lien avec le programme de SVT, vous souhaitez travailler sur le rejet de greffe d'organe. Le(s)quel(s) de ces sites pourraient constituer un bon point de départ pour vos recherches ?

- ☐ **a.** *www.futura-sciences.com*
- ☐ **b.** *ouest-transplant.org*
- ☐ **c.** *fr.wikipedia.org*
- ☐ **d.** *www.notrefamille.com*

2 Préparer et mémoriser l'exposé

▶ FICHE 14

Vrai ou faux ?	Vrai	Faux
a. Pour bien mémoriser sa présentation, il suffit de la lire plusieurs fois.	☐	☐
b. Il est préférable d'improviser en grande partie le jour de l'oral.	☐	☐
c. Dans l'introduction, vous devez expliquer pourquoi vous avez choisi ce sujet.	☐	☐

3 Imaginer un support écrit

▶ FICHE 15

1. Le support écrit :

- ☐ **a.** est réfléchi en amont de l'oral
- ☐ **b.** est réalisé le jour de l'oral
- ☐ **c.** dépend du sujet

2. En lien avec le programme de maths, vous voulez présenter la question : *Quelles sont les grandes étapes historiques de l'élaboration du raisonnement par récurrence ?*
Quelle forme de support vous semble la plus adaptée ?

- ☐ **a.** le plan de votre exposé
- ☐ **b.** une frise chronologique situant les étapes évoquées
- ☐ **c.** un exemple de démonstration utilisant le raisonnement par récurrence

CORRIGÉS

1 Construire sa présentation

Réponses a et c.

Ces deux sites (respectivement un média scientifique et une encyclopédie) vous donneront de premières informations *a priori* fiables sur le sujet.

L'adresse du site **b** suggère qu'il s'agit d'une association, la fiabilité des informations est donc plus incertaine.

Le site **d** n'est pas un site scientifique.

2 Préparer et mémoriser l'exposé

a. **Faux.**

Le plus efficace est de s'entraîner à délivrer sa présentation de mémoire : ce sera difficile au début, puis de plus en plus facile après quelques tentatives.

b. **Faux.**

Présenter votre exposé avec naturel n'est pas la même chose que de l'improviser : plus vous maîtriserez votre sujet, plus vous serez à l'aise.

c. **Vrai.**

Montrez que la question vous a véritablement intéressé·e.

3 Imaginer un support écrit

1. **Réponses a, b et c.**

Vous ne pouvez pas venir avec un document déjà préparé mais vous devez avoir votre support bien en tête pour pouvoir le réaliser facilement le jour J. Sa forme dépend du sujet choisi.

2. **Réponse b.**

Une frise chronologique aidera le jury à visualiser les grandes étapes que vous évoquez.

Faire le point sur son projet d'orientation

17

☐ OK

I Les différentes composantes de l'orientation

● Le travail sur l'orientation comprend plusieurs aspects :
– une enquête sur les **secteurs et métiers** qui vous attirent le plus ;
– une recherche sur le type de **formation** qui vous correspond le mieux ;
– une bonne **connaissance de soi** pour réaliser des choix réfléchis et personnels.

À noter

Le travail sur l'orientation a ceci de très particulier qu'il vous oblige à sortir de votre position d'élève pour adopter un discours et une réflexion plus personnels.

● Le **programme d'accompagnement à l'orientation**, mis en œuvre par l'Éducation nationale de la Seconde à la Terminale, doit vous permettre de mener des actions ciblées en lien avec ces trois composantes.

● On parle de « **maturation** » du projet car sa construction prend du temps. On distingue trois phases principales : l'exploration (découvrir), la cristallisation (comprendre), la spécification (choisir et hiérarchiser).

II Apprendre à se connaître

● Pour construire votre projet, vous devez d'abord apprendre à vous connaître. Prenez le temps de répondre par écrit à des **questions** du type :

- Quelles matières me plaisent le plus ? Le moins ?
- Qu'ai-je envie d'apprendre de nouveau ?
- Quels sont les sujets qui attisent le plus ma curiosité ?
- Dans quelle(s) matière(s) ou activités extrascolaires suis-je le plus à l'aise ?
- Suis-je attiré·e par un environnement professionnel particulier ? Pourquoi ?
- Quel type d'apprentissage me correspond le mieux ?
- Y a-t-il quelque chose que j'aimerais améliorer autour de moi ? dans la société ?

● Plusieurs **tests** (en ligne ou dans des ouvrages spécialisés sur l'orientation) permettent d'apprendre à se connaître et à repérer ses talents. Vous pouvez les réaliser seul·e ou avec un·e coach ou un·e psychologue de l'orientation qui vous aidera à en interpréter les résultats ▶ FICHE 20.

N'hésitez pas également à **interroger vos proches et vos ami·e·s** : comment vous perçoivent-ils ? Cette image correspond-elle à celle que vous avez de vous-même ? Qu'est-ce que cela vous apprend sur vous-même ?

III Mettre en place un plan d'action

L'Éducation nationale a prévu un **programme de deux semaines** en Terminale pour vous aider à finaliser votre projet d'orientation : renseignez-vous dès le début de l'année sur le programme mis en place dans votre lycée.

Toutefois, n'attendez pas non plus tout de votre lycée. Prenez des **initiatives** :

- Mettez vous-même des actions en place ▶ FICHE 18 ;
- Consultez des sites spécialisés ▶ FICHE 19 ;
- Entourez-vous de personnes aptes à vous aider ▶ FICHE 20.

Même si chaque projet est personnel, vous pouvez **partager** certaines informations avec vos camarades, vous rendre ensemble à des salons ou des Journées portes ouvertes, etc. À plusieurs, on se sent plus en confiance !

ZOOM

Développer de nouvelles compétences à travers l'orientation

Voici **7 compétences** utiles pour bien s'orienter. Vous pourrez les mobiliser ensuite tout au long de votre parcours d'études et dans votre vie personnelle et professionnelle. En connaissez-vous d'autres ?

1. Parler de soi
2. Poser des questions
3. Chercher de l'information
4. Se projeter dans un environnement nouveau
5. Apprendre par soi-même
6. Entreprendre, prendre des initiatives
7. Faire des choix

Construire son projet de formation postbac

18

☐ OK

I S'informer sur ce qui existe

- Votre travail de **connaissance de soi** vous a permis de mettre en avant des centres d'intérêt, des goûts, ainsi que des qualités et compétences qui vous sont propres ▶ FICHE 17. Cette étape doit vous aider à opérer **une première sélection** de métiers, domaines professionnels ou type d'études susceptibles de vous intéresser.

- La seconde étape consiste à récolter **suffisamment d'informations** pour affiner votre choix (de métier ou de formation). Il faut que les éléments récoltés viennent nourrir votre **imaginaire** pour que vous puissiez vous projeter dans un environnement professionnel ou une formation.

Conseil

Pour mieux vous projeter, visionnez des photos ou des vidéos, rendez-vous aux journées Portes ouvertes des établissements, échangez avec des étudiant·es ou des professionnel·les... ▶ FICHES 19 & 20

II Comprendre les spécificités de chaque formation

- Pour pouvoir choisir une formation, il faut tenir compte de vos aptitudes ou **compétences scolaires**, mais aussi de la **façon d'enseigner et d'apprendre** qui vous convient le mieux.

- Votre parcours scolaire vous a permis de découvrir si vous vous sentiez plus à l'aise dans les matières qui privilégient **l'abstraction et la logique**, comme les mathématiques ou la philosophie, ou si vous préfériez réfléchir à partir de **cas concrets** (SVT), travailler sur des **textes** (français, LLCE), être en prise avec l'**actualité** (histoire-géographie, SES, Anglais Monde contemporain), etc.

- Un autre critère important pour choisir sa formation est lié à la façon d'enseigner : avez-vous besoin d'être **cadré·e** ou préférez-vous au contraire vous sentir **plus libre** et plus autonome ? Dans le premier cas, vous pourriez privilégier les CPGE ou les écoles ; dans le second, l'université pourrait vous convenir davantage.

- Si vous avez hâte de découvrir le **monde professionnel**, renseignez-vous sur les formations en apprentissage qui vous permettent d'avoir un pied dans l'enseignement supérieur et un autre en entreprise. Votre formation est en partie financée par votre employeur, avec l'aide de l'État.

III Faire des choix

Plusieurs options de métiers ou de formations s'offrent à vous ? C'est une chance ! Voici quelques conseils pour vous aider à faire vos choix.

- Il est impossible de tout savoir sur les métiers et les formations. Vous devez donc **cadrer vos recherches** : déterminez les critères qui vous paraissent les plus importants en fonction de vos goûts et de vos aptitudes, et utilisez-les pour comparer les métiers ou les formations qui vous intéressent.

- **Relativisez l'enjeu** de vos premiers choix. Choisir une formation n'équivaut pas à choisir un métier pour toute la vie ! Il s'agit juste de choisir votre porte d'entrée dans l'enseignement supérieur. Ce qui compte le plus, c'est **votre projet personnel** : l'objectif global qui vous anime et que vous pourrez réaliser à travers différentes formations et différents métiers.

À noter

On parle aujourd'hui d'orientation « tout au long de la vie » car on sait désormais qu'il faudra se former en permanence pour suivre l'évolution des métiers et des besoins de la société.

ZOOM

Université ou école, quelle formation choisir ?

Les contenus des formations et l'organisation des études diffèrent selon le type de formation.

- D'une manière générale, que les cours à l'**université** visent en priorité l'acquisition de connaissances théoriques. L'insertion professionnelle se fait plutôt en master 2.
- Les **écoles**, en revanche, privilégient l'acquisition de savoir-faire professionnels, à travers une série de stages obligatoires et une pédagogie par projet : études de cas, travaux en groupe, participation active à la vie associative...

Apprendre à se documenter

19

☐ OK

I Où aller chercher de l'information ?

1 Sur Internet

Internet est une mine d'informations, à condition de privilégier les **sites reconnus**, qui vous garantissent une information fiable et mise à jour régulièrement.

- **Les sites généralistes** : explorez par exemple le site de l'Onisep, du CIDJ (Centre d'information et de documentation jeunesse), le site dédié à l'orientation de votre région ou bien les *live* de Campus Channel (*www.campus-channel.com/fr*).
- **Les sites des établissements** de l'enseignement supérieur : chaque école ou université possède un site sur lequel vous trouverez des informations générales, mais aussi le descriptif du contenu des cours, année par année.
- **Les plateformes spécialisées** dans l'accompagnement à l'orientation des lycéen·nes, comme la plateforme Inspire (*inspire-orientation.org*), qui vous met en relation avec des étudiant·es qui vous guident dans votre découverte des contenus de formation de l'enseignement supérieur.

Bon à savoir

La plateforme Parcoursup regorge d'informations : plus de 15 000 formations y sont proposées et décrites.

2 Sur le terrain

- Il est important de compléter vos informations en vous déplaçant et en rencontrant des personnes qui répondront à vos questions.
  - Au **CIO** (Centre d'information et d'orientation) de votre ville, vous serez accueilli·e de façon individuelle, seul·e ou avec un parent. Vous pourrez aussi assister à des réunions d'information organisées par des conseiller·ères d'orientation (annuaire des CIO : *www.education.gouv.fr/annuaire*).
  - Au **CDI** de votre établissement, le/la professeur·e documentaliste pourra vous recommander des ressources pédagogiques vous permettant de creuser vos recherches sur les métiers et les études qui vous intéressent.
- Vous pouvez également participer à des **événements** : journées Portes ouvertes, salons, forums... Autant d'occasions d'échanger avec des étudiant·es ou des professionnel·les qui seront ravis de répondre à vos questions ▶ FICHE 20.

II Comment organiser ses recherches ?

- Laissez-vous guider tout d'abord par votre curiosité. Lisez tout ce qui est relié aux métiers, aux secteurs ou aux formations qui vous intéressent. Puis affinez progressivement votre recherche, en les croisant avec vos centres d'intérêt.

- Gardez une trace écrite de toutes vos démarches (recherches et rencontres), afin de les présenter au jury le jour de l'oral :
  - rédigez des fiches synthétiques à partir des informations récoltées ;
  - notez les sources de vos recherches avec précision ;
  - consignez également les questions et les doutes qui vous sont venus en route. Un projet peut comporter une part d'incertitude.

- Avant un événement ou une rencontre, préparez vos questions en utilisant vos propres mots, afin de tirer le meilleur parti de cet échange. Ne vous censurez pas : il n'y a pas de question bête, votre interlocuteur ou interlocutrice s'est très probablement trouvé·e à votre place un jour !

Conseil

Si vous hésitez entre plusieurs parcours, faites un tableau comparatif des critères les plus importants pour vous (durée des études, type de formation, environnement professionnel, débouchés...).

ZOOM

Le numérique au service de l'orientation

- Des start-ups proposent des solutions numériques innovantes pour vous accompagner : cartographie des métiers et des formations, questionnaires d'auto-positionnement ou mise en relation avec des interlocuteurs pertinents.
- Aucune solution ne prône cependant le 100 % digital. L'accompagnement humain reste une des valeurs sûres de l'orientation.

Se faire accompagner dans son projet

20

☐ OK

I Repérer les personnes ressources

1 Au sein du lycée

Au sein même de votre lycée, plusieurs personnes sont susceptibles de vous aider. Chacune intervient dans le cadre d'une mission bien précise.

- Votre **professeur·e principal·e** et **le/la CPE** (Conseiller·ère principal·e d'éducation) sont en charge de votre accompagnement à l'orientation : lors d'entretiens personnalisés, ils/elles vous aideront à faire le point sur l'avancée de votre projet et pourront vous mettre en relation avec d'autres personnes ressources.

- Le/La **psyEN** (psychologue de l'Éducation nationale) peut répondre à vos questions ou à celles de vos parents dans les CIO (Centres d'information et d'orientation). Il/Elle assure également des permanences dans les lycées, pour aider les équipes éducatives à installer des actions concrètes d'aide à l'orientation.

- Le/La **professeur·e documentaliste** est un·e spécialiste de la documentation et de la communication : il/elle met à votre disposition des ressources documentaires utiles. Il/Elle organise aussi des ateliers de formation et des visites de salons ou d'établissements de l'enseignement supérieur.

2 Hors du lycée

Vous pouvez également solliciter l'aide de personnes extérieures.

- Les **étudiant·es « ambassadeurs »** ont pour mission de vous parler de leur filière et de leur vie étudiante afin de vous aider à vous projeter dans l'enseignement supérieur. Vous pouvez les rencontrer dans votre lycée, lors de salons ou pendant les Journées portes ouvertes de leurs établissements.

- Les **professionnel·les** peuvent vous parler de leur métier, décrire leur environnement professionnel et répondre à vos questions sur la vie en entreprise ou la vie active en général.

Conseil

L'association *100 000 entrepreneurs* organise des interventions de professionnel·les dans les classes pour vous transmettre la passion de leur métier et de l'entreprise.

II Savoir demander de l'aide

> **Conseil**
> Vos camarades sont dans la même situation que vous : créez des petits groupes pour discuter de vos démarches, partager vos difficultés, mutualiser vos recherches…

- L'orientation est une démarche personnelle, mais il est **normal** d'avoir **besoin d'aide** pour structurer ses recherches, effectuer des démarches, obtenir des informations précises ou encore surmonter des blocages psychologiques. La confiance en soi se bâtit par la **mise en mouvement**, pas à pas.

- De nombreuses personnes sont disponibles pour vous aider à avancer et à surmonter vos difficultés. Essayez d'abord d'**identifier le problème** :
  - Avez-vous du mal à vous motiver ?
  - Vous sentez-vous trop timide pour poser des questions et aller vers des personnes ressources ?
  - Manquez-vous de confiance en vous ?
  - Avez-vous du mal à vous projeter dans l'avenir ?
  - Manquez-vous d'informations ? Ou au contraire, en avez-vous tellement que vous avez du mal à choisir ?

- Une fois le problème identifié, déterminez la personne la plus à même de vous aider : un ou une **interlocutrice de confiance** à qui vous pourrez parler librement et qui saura vous conseiller. N'hésitez pas à le/la consulter plusieurs fois.

ZOOM

Trouver son ikigai

- L'ikigai est un concept japonais qui désignait à l'origine **la joie de vivre** ou la raison de se lever chaque matin.
- C'est devenu une **méthode** qui permet de trouver le métier ou le projet qui vous correspond le mieux, à la croisée de ce que vous aimez faire, de ce pour quoi vous êtes doué·e, de ce pour quoi vous pourriez être payé·e et de ce dont le monde a besoin.

Formuler ses vœux sur Parcoursup

21

☐ OK

I Comprendre le fonctionnement de Parcoursup

1 Un guichet centralisé pour déposer ses candidatures

- Chaque formation, que ce soit à l'université ou dans une école, suit une procédure d'admission qui lui est propre. L'ambition de Parcoursup est de vous proposer un espace unique pour **regrouper les formations** et déposer vos candidatures.

Bon à savoir

Certaines écoles fonctionnent hors Parcoursup pour les inscriptions. Si vous ne postulez à aucune formation sur Parcoursup, vous devez vous désinscrire de la Plateforme.

- Tous les types de formations y sont proposés. Apprenez à distinguer les formations **sélectives** des formations **non sélectives** : les premières sélectionnent les candidat·es sur dossier et lors d'entretiens, tandis que les secondes sont accessibles à toutes et tous dans les limites des capacités d'accueil.

2 Les grandes étapes du calendrier Parcoursup

novembre	**Ouverture de la plateforme** : parcourez les informations disponibles sur les différentes formations (contenu, modalités d'admission, taux de réussite à l'entrée, pré-requis, débouchés professionnels…).
décembre	1er conseil de classe : remplissez la **Fiche de dialogue** qui vous est remise pour présenter vos « intentions d'orientation ».
janvier	**Ouverture des inscriptions** sur Parcoursup : vous pouvez commencer à saisir vos vœux.
mars	Fin de la saisie des vœux (jusqu'à 10 maximum).
début avril	Clôture des inscriptions : vos dossiers doivent être finalisés.
de mai à mi-juillet	**1re phase de réponses** (« Oui », « Oui si », « Oui en attente d'une place » ou « Refusé·e »)
jusqu'en septembre	**2e phase de réponses** dans le cadre de procédures complémentaires, pour celles et ceux qui n'ont pas eu de proposition de formation lors de la 1re phase.

II Comment candidater sur Parcoursup ?

1 Construire son dossier de candidature

Plusieurs informations sont à fournir :

- votre **identité** (état civil, représentants légaux, n° INE, mail…) ;
- votre **situation personnelle** (bourses, handicap, statut particulier…) ;
- vos **bulletins scolaires** de 1re et des deux premiers trimestres de Tle, avec les appréciations des professeur·e·s, vos enseignements de spécialité et vos options ;
- votre **Fiche Avenir**, contenant les appréciations de vos professeur·es et l'avis de votre chef·fe d'établissement, émis durant le 2e conseil de classe ;
- pour chaque vœu, un « **projet de formation motivé** » à rédiger directement sur la plateforme ▶ FICHE 22.

2 Formuler ses vœux de manière stratégique

Pour optimiser vos chances d'être admis·e dans une formation :

- **Variez vos vœux** et ne choisissez pas que des formations sélectives ;
- Formulez **le maximum de vœux** et de sous-vœux ;
- Ne vous limitez pas aux formations près de chez vous, surtout si elles sont très demandées.

Conseil

Si vous êtes intéressé·e par une formation éloignée de votre domicile familial, renseignez-vous sur les aides financières que vous pouvez obtenir et les solutions pour vous loger.

ZOOM

La boîte à outils de Parcoursup

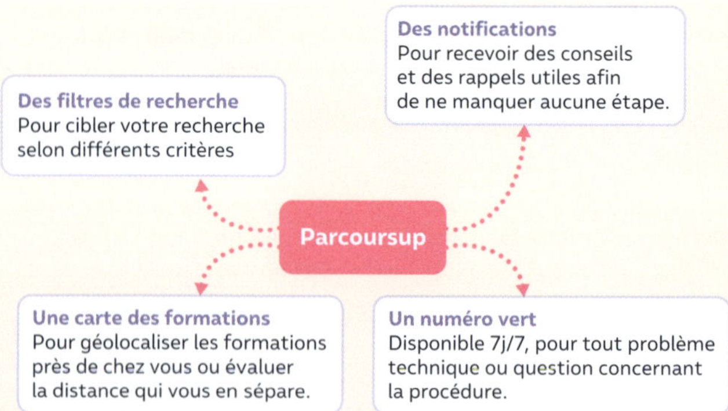

Rédiger un projet de formation motivé

22

☐ OK

I Quelques informations au préalable

- Si les notes permettent aux établissements d'effectuer une première sélection, le jury examinera les autres éléments de votre dossier pour **départager des élèves** aux résultats similaires.
- Le « projet de formation motivé » est l'équivalent d'une **lettre de motivation** : montrez que vous êtes renseigné·e sur le contenu et les attendus de la formation et que vous pensez avoir les aptitudes nécessaires. Vous pouvez aussi parler de vous, de votre projet et de vos expériences.

II Les caractéristiques du projet de formation motivé

- Vous devrez rédiger sur la plateforme un texte très court de 1 500 caractères maximum, soit environ 200 à 250 mots, dans une police lisible (Calibri 11 par exemple) : l'équivalent d'1/4 d'une page A4.

> **À noter**
> Votre lettre sur Parcoursup ne nécessite ni date, ni entête, ni formules de politesse, contrairement à une lettre de motivation classique.

- Votre texte doit contenir les 6 informations suivantes :

1. L'**intitulé exact** de la formation pour laquelle vous postulez ;
2. Un aperçu de vos **connaissances et compétences** scolaires, en lien avec les attendus de la formation ;
3. Un résumé de votre **projet personnel et professionnel** ;
4. Les **démarches** entreprises pour mieux connaître la formation visée (journées Portes ouvertes, salon, MOOC, échanges avec un·e professionnel·le ou un·e étudiant·e...) ;
5. Vos **expériences** scolaires et/ou extrascolaires en lien avec la formation (enseignements de spécialité, stages, centres d'intérêt...) ;
6. Des éléments montrant votre **capacité à vous projeter** dans la vie postbac.

- La difficulté de l'exercice réside dans l'**effort de rédaction synthétique** qui vous est demandé : votre texte devra être complet, concis et clair.

III Quelques conseils pour réussir l'exercice

1 Prendre en compte les attendus de la formation

- Commencez par lire attentivement le descriptif et les attendus de la formation sur la fiche Parcoursup : notez les éléments de langage utilisés. Renseignez-vous également sur le site de l'école ou de l'université.
- Dressez la liste des attendus et mettez-les en lien avec vos compétences, vos centres d'intérêt et votre projet.
- N'essayez pas de copier-coller le même texte pour chaque formation : adaptez le contenu en fonction des attendus de la formation.

2 Soigner la rédaction

- Les compétences rédactionnelles, ainsi que l'esprit de synthèse, font partie des attendus d'un bon nombre de formations. Le soin apporté à la rédaction constitue déjà une information pour le jury.
- Commencez par rédiger votre texte au brouillon, en prêtant une attention particulière à la structure de votre propos (enchaînement logique des idées, avec des connecteurs).
- Relisez-vous avant de valider votre texte, en vérifiant l'orthographe et la syntaxe des phrases. Vous pouvez aussi demander à un·e camarade, un parent ou un·e professeur·e de vous relire.

ZOOM

Exemple de trame pour un projet de formation motivé

Je vous soumets ma candidature pour ... **[intitulé de la formation]**.

Les enseignements de spécialité ... et ... m'ont permis de .... La formation que vous proposez s'inscrit parfaitement dans mon projet de ... **[projet personnel et professionnel]**.

J'ai eu la chance de découvrir la formation lors des journées Portes ouvertes du ... **[date]**. Passionné·e par ..., les cours de ... m'attirent particulièrement.

Je suis une personne plutôt ... **[qualités]** et j'aime ... **[reformulez avec vos mots les attendus]**.

J'ai eu l'occasion de ... **[expérience personnelle ou stage]**, ce qui m'a permis de .... La vie à ... **[nom de l'établissement]** me correspond parce que ....

- Toutefois, pour être convaincant, le contenu de votre texte doit être personnel : à vous de vous approprier la trame ci-dessus.

Quiz EXPRESS

23

Avez-vous bien révisé les fiches 17 à 22 ? On vérifie !

1 Construire son projet de formation postbac

▶ FICHE 18

Comment choisit-on une formation postbac ?

☐ **a.** En rassemblant un maximum d'informations sur les établissements et les cursus susceptibles de m'intéresser.

☐ **b.** En interrogeant des étudiant·es sur les formations que j'aimerais intégrer.

☐ **c.** En saisissant un maximum de vœux sur Parcoursup.

☐ **d.** En m'interrogeant sur la manière d'apprendre qui me convient le mieux.

2 Collecter des informations

▶ FICHES 19 & 20

Sur quel(s) site(s) pourrez-vous trouver les éléments suivants ?

a. des informations sur les établissements et les contenus des formations •

b. des informations sur les métiers •

c. des outils et des conseils pour postuler à des formations •

• site de l'établissement visé

• sites de l'Onisep et du CIDJ

• site d'orientation de votre région

• site Parcoursup

• site Campus Channel

3 Formuler des vœux sur Parcoursup

▶ FICHES 21 & 22

Qu'est-ce qu'un attendu ?

☐ **a.** une candidature en attente d'une réponse

☐ **b.** un regroupement de compétences attendues par la formation

☐ **c.** un élément manquant dans votre dossier

CORRIGÉS

1 Construire son projet de formation postbac

Réponses a, b et d.

La saisie des vœux sur Parcoursup est l'aboutissement d'un travail de longue haleine en plusieurs étapes : n'attendez pas le dernier moment pour choisir votre formation.

2 Collecter des informations

a. des informations sur les établissements et les contenus des formations

b. des informations sur les métiers

c. des outils et des conseils pour postuler à des formations

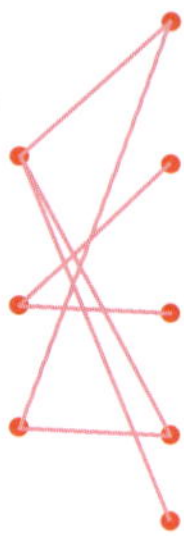

- site de l'établissement visé
- sites de l'Onisep et du CIDJ
- site d'orientation de votre région
- site Parcoursup
- site Campus Channel

Conseil

Au-delà des sites, pensez à vous renseigner aussi auprès des personnes compétentes ▶ FICHE 20.

3 Formuler des vœux sur Parcoursup

Réponse b.

Chaque formation indique un certain nombre d'aptitudes utiles pour bien suivre les cours qui vous seront proposés et augmenter ainsi vos chances de réussite.

À noter

Ces « attendus » sont détaillés dans le descriptif de chaque formation sur Parcoursup. Ils doivent vous servir de repères pour choisir la formation qui vous conviendra le mieux.

Retenir l'attention du jury

24

☐ OK

I Établir le contact

Le premier contact est essentiel. Dès l'entrée dans la salle, donnez l'impression d'être ouvert·e à l'échange, avenant·e, sans trop de familiarité.

- Le **sourire** est l'atout indispensable pour détendre l'atmosphère et gagner la sympathie du jury. Il ne s'agit pas de rire faussement ou de sourire en permanence mais d'afficher une attitude aimable.
- La **politesse** est de mise, même si parfois le stress fait oublier les fondamentaux de la courtoisie : saluer vos interlocuteurs, remercier, attendre d'être invité·e à s'asseoir ou à partir avant de le faire.
- Laissez au jury le temps de s'installer : ne foncez pas tête baissée dans votre exposé, attendez leur signal pour commencer.

La minute du coach

Faire une bonne première impression
→ hatier-clic.fr/21fbgo04

II Communiquer efficacement

1 Regarder les membres du jury

- Se retrouver face à face avec un jury composé de deux professeur·e·s inconnu·e·s peut vous paraître impressionnant. Cependant, votre réussite à l'oral repose aussi sur votre capacité à **surmonter ce stress** et à vous adresser réellement au jury, à travers ce que vous dites mais aussi par le regard.
- Ne fixez pas vos interlocuteurs, mais accordez-leur **des regards réguliers**, afin de capter leur attention. Si vous avez des difficultés à les regarder dans les yeux, vous pouvez imaginer un point entre leurs deux yeux, ce qui vous évitera d'être mal à l'aise en croisant leur regard.

2 Soigner la gestuelle

- **Évitez de rester trop statique**, mais ne surchargez pas non plus votre intervention par des gestes répétitifs ou sans lien avec le propos.
- Vos gestes doivent intervenir à des moments essentiels de votre prise de parole afin d'**appuyer ce que vous dites**. Ils doivent donc coïncider avec ce que vous cherchez à exprimer : enthousiasme, opposition, implication personnelle…

3 Éviter la monotonie

- **Variez les intonations** pour donner de la vivacité à ce que vous dites et ne pas ennuyer votre jury.
- **Insistez sur les aspects essentiels** en appuyant sur certains segments de phrases ; marquez les interrogations ou les exclamations par une intonation expressive.
- **Ayez l'air convaincu·e** de ce que vous affirmez en adoptant une voix claire et en apparaissant sûr·e de vous.

La minute du coach

- Prendre conscience de l'importance du regard
→ hatier-clic.fr/21fbgo03
- Travailler sa posture et sa gestuelle
→ hatier-clic.fr/21fbgo02

ZOOM

Appuyer son propos par des gestes signifiants

Il est important d'appuyer son discours par des gestes qui retiennent l'attention et soulignent les moments clés.

- Mains tendues vers l'auditoire : **impliquer le public.**

- Mains à gauche puis à droite : **souligner une opposition.**

- Compter avec ses doigts : **énumérer.**

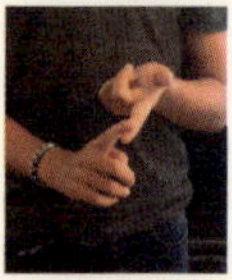

- Mains écartées ou rapprochées : **exprimer l'union ou la désunion.**

- Lever ou baisser un doigt : **exprimer un doute ou un questionnement.**

- Main sur la poitrine : **montrer son implication personnelle.**

S'exprimer de manière claire et fluide

25

☐ OK

I | Utiliser un vocabulaire juste et précis

1 Choisir ses mots

- Vous êtes jugé·e sur la qualité de votre expression, d'où l'importance de bien choisir vos mots. Il est parfois difficile de trouver la bonne formulation : prenez le temps de chercher les **termes les plus appropriés**.

Conseil

Ne commencez pas votre réponse par un segment de phrase qui vous fait perdre toute crédibilité : « Je ne sais pas, mais... », « Je ne suis pas sûr·e, mais... ».

- Si un terme familier vous échappe, reformulez dans un **registre plus soutenu**. Évitez les contractions (« j'sais pas », « j'pense ») : prononcez correctement les négations en incluant un « ne » audible.

2 Varier son expression

Le jury appréciera que vous fassiez un effort pour varier les tournures.

Varier les expressions utilisées

- **Donner son opinion :** *à mon sens, pour ma part, il me semble, je suis d'avis que...*
- **Appuyer le propos :** *clairement, évidemment, naturellement, nettement...*
- **Introduire une analyse :** *on remarque, on constate, on peut souligner, il est à noter que...*

3 Bannir les tics de langage

Ces petits marqueurs de la communication sont à proscrire le jour de votre oral.

- Commencez par **repérer ceux que vous employez le plus souvent** et essayez de vous en débarrasser lors de vos prises de parole. Il peut s'agir :
  - d'expressions en vogue (« genre », « carrément », « trop », « j'avoue »...) ;
  - de mots de liaison (« donc », « alors », « et voilà », « en fait »...) ;
  - d'onomatopées (« euh », « ben », « bah... »).
- Bannissez également **la mise entre guillemets** (geste à l'appui) qui indique que vous n'avez pas trouvé le mot juste pour vous exprimer.

II Soigner son élocution

- **Parlez distinctement** en articulant pour être bien compris·e. Faites particulièrement attention à ne pas « avaler » les fins de phrases et les fins de mots.
- **Adaptez le volume de votre voix** en fonction de la proximité avec votre auditoire. Ni trop fort, ni pas assez, vous devez trouver le juste équilibre. N'hésitez pas à demander si l'on vous entend bien.

III Adopter le bon rythme

- Ne parlez **ni trop lentement**, pour avoir le temps de tout dire, **ni trop vite**, pour laisser au jury la possibilité d'intégrer ce que vous dites et de prendre des notes.
- Trouvez le juste équilibre en ralentissant ou en accélérant le débit **selon la nature de votre propos** :
  - ralentissez lorsque vous présentez le plan, lorsque vous abordez un aspect essentiel, lorsque vous voulez particulièrement retenir l'attention ;
  - accélérez au moment des exemples, des énumérations, des citations.
- N'hésitez pas à **reformuler** plusieurs fois un aspect important de votre intervention et à **faire des pauses** entre deux idées.

La minute du coach

Travailler votre voix
→ hatier-clic.fr/21fbgo01

ZOOM

Recourir à des figures de style

Pour renforcer votre propos, vous pouvez recourir à des figures de style, en particulier à des **figures de construction** (qui jouent sur la syntaxe).

4 figures de construction

- **l'anaphore :** répétition d'un terme en tête de phrase
- **la gradation :** énumération de termes de force croissante
- **le parallélisme :** répétition d'une même construction
- **l'antithèse :** rapprochement de deux propositions de sens contraire

Bien gérer son stress

26

☐ OK

I Comprendre le mécanisme en jeu

- Le stress est une réaction instinctive, héritée d'un mécanisme primitif de fuite ou de contre-attaque face à un danger. Dans le cas d'un examen, votre corps interprète votre inquiétude comme le signe d'un danger et le processus se met en branle : accélération du rythme cardiaque, respiration courte, tension des muscles, transpiration…
- Le but n'est pas de vous débarrasser complètement du stress car il vous maintient dans un état d'alerte qui vous permettra de vous surpasser. En revanche, il faut l'apprivoiser pour ne pas le laisser vous paralyser.
- Chacun réagit différemment et de manière plus ou moins forte : apprenez à repérer comment le stress se manifeste chez vous afin de mieux y faire face.

Bon à savoir

En situation de stress, nos sensations sont exacerbées. Notre inconfort est en réalité bien moins visible qu'on ne le croit !

II Apprendre à gérer son stress

1 Pendant l'année

Il existe de nombreuses stratégies pour apprendre à gérer son stress.

- **La pratique.** Comme toute performance, un oral se prépare : entraînez-vous à présenter votre exposé devant un miroir, une caméra, vos camarades… Plus vous maîtrisez votre sujet, plus vous serez à l'aise le jour J.
- **La visualisation.** Imaginez le déroulement de l'oral de manière positive afin que votre corps ne l'associe plus à un danger. Isolez-vous et visualisez votre prestation comme un film, avec de nombreux détails.
- **La respiration.** Respirer correctement est un moyen aussi simple que puissant pour diminuer le stress : entraînez-vous avec les exercices ci-après ▶ ZOOM.

La minute du coach

- Se préparer par la respiration → hatier-clic.fr/21fbgo11
- Faire le calme en soi → hatier-clic.fr/21fbgo12

2 Le jour J

- Supprimez toute source de stress inutile : choisissez des vêtements confortables, arrivez en avance et ne révisez pas à la dernière minute.
- Prenez soin de votre **sommeil** dans les jours qui précèdent et accordez-vous des moments de détente (sortez, faites du sport, écoutez de la musique…).
- **Respirez profondément** avant d'entrer dans la salle ou dès que vous sentez le stress vous gagner.

ZOOM

Quelques exercices de respiration

- **La respiration abdominale**

Inspirez en gonflant le ventre et expirez en le rentrant.

Vous pouvez poser vos mains sur le ventre pour mieux ressentir l'air qui entre et sort. Faites cet exercice une dizaine de fois lentement.

- **La respiration par paliers**

Inspirez en commençant par gonfler le ventre, puis la cage thoracique, puis la gorge. Expirez selon le même principe, en vidant d'abord la gorge, puis la cage thoracique, puis le ventre.

Répétez l'exercice plusieurs fois, en prenant conscience des différentes étapes et en allongeant progressivement les respirations.

- **La cohérence cardiaque**

Inspirez par le nez pendant 3 secondes, retenez votre respiration pendant 12 secondes, puis expirez par la bouche pendant 6 secondes.

Imaginez en même temps que vous respirez à travers votre cœur et essayez de caler vos respirations sur ses battements.

Quiz EXPRESS

27

Avez-vous bien révisé les fiches 24 à 26 ? On vérifie !

1 Retenir l'attention du jury

▶ FICHE 24

1. Comment établir un bon contact avec les membres du jury ?

- ☐ **a.** les saluer en arrivant
- ☐ **b.** commencer tout de suite sa présentation
- ☐ **c.** se montrer enthousiaste et motivé·e
- ☐ **d.** ne pas croiser leur regard

2. Parmi ces gestes, lesquels peuvent appuyer votre propos ?

- ☐ **a.** se gratter la tête
- ☐ **b.** écarter les mains
- ☐ **c.** compter sur ses doigts
- ☐ **d.** se frotter les mains

2 S'exprimer de manière claire et fluide

▶ FICHE 25

1. Soigner son expression signifie :

- ☐ **a.** utiliser beaucoup de mots techniques
- ☐ **b.** utiliser un vocabulaire précis et des tournures variées
- ☐ **c.** adopter un niveau de langue courant ou soutenu
- ☐ **d.** s'efforcer de construire des phrases longues et complexes
- ☐ **e.** éviter les tics de langage

2. Pour mettre en valeur une idée clé, il est utile :

- ☐ **a.** de parler plus fort
- ☐ **b.** de ralentir le débit de parole
- ☐ **c.** de la reformuler
- ☐ **d.** de marquer une courte pause

3 Bien gérer son stress

▶ FICHE 26

Pour réduire le stress, il est recommandé de :

- ☐ **a.** réviser au dernier moment
- ☐ **b.** faire des exercices de respiration
- ☐ **c.** faire du sport
- ☐ **d.** improviser son oral

CORRIGÉS

1 Retenir l'attention du jury

1. Réponses a et c.

Prenez le temps de respirer et attendez d'être invité·e à parler avant de commencer votre exposé. Regardez régulièrement le jury au cours de votre présentation.

Conseil

Si vous n'osez pas regarder les membres du jury dans les yeux, vous pouvez fixer un point au-dessus de leurs têtes.

2. Réponses b et c.

Se gratter la tête et se frotter les mains sont des gestes parasites, à éviter.

2 S'exprimer de manière claire et fluide

1. Réponses b, c et e.

L'objectif n'est pas d'utiliser des mots techniques pour impressionner le jury, mais de montrer que vous maîtrisez le vocabulaire lié à votre sujet. Nul besoin non plus de faire des phrases complexes dans lesquelles vous risquez de vous perdre : privilégiez les phrases simples.

2. Réponses b, c et d.

3 Bien gérer son stress

Réponses b et c.

Présenter la question au jury

28

☐ OK

I | Optimiser le temps de préparation

Le jury vient de choisir l'une des deux questions préparées. Vous avez alors 20 minutes pour mettre en ordre vos idées et réaliser – si vous le souhaitez – un support écrit.

1 Mettre en ordre vos idées

20 minutes de préparation, c'est à la fois long et court. Comment les utiliser ?

- Prenez le temps de vous remémorer **le déroulé de votre exposé**, notamment votre introduction et votre conclusion.
- Réalisez soigneusement votre **support écrit** le cas échéant ▶ FICHE 15.
- Gardez quelques minutes avant la fin du temps de préparation pour **respirer profondément** et faire redescendre le stress ▶ FICHE 26.

2 Préparer un support pour le jury

- Les 20 minutes servent aussi à préparer, le cas échéant, votre support pour le jury, à qui vous pouvez le présenter mais pas le remettre.
- L'objectif est de permettre à votre auditoire de **mieux suivre votre présentation**. Votre support peut ainsi prendre des formes variées ▶ FICHE 15.

Conseil
Bien que non évalué, le support doit être pertinent et lisible pour bien disposer le jury.

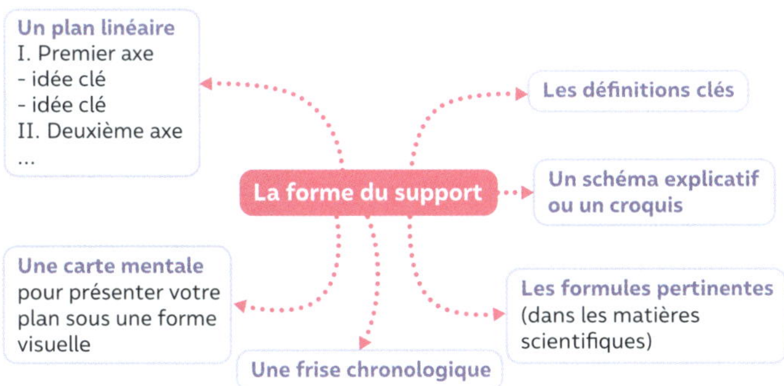

II | Faire une présentation claire et fluide

1 Soigner les étapes clés de l'exposé

- Vous devez prêter une attention particulière à l'introduction et à la conclusion ▶ FICHE 14.
- Lorsque vous annoncez le plan, vous pouvez recourir à des formules telles que :

> Tout d'abord, nous nous intéresserons à...
>
> Puis nous étudierons..., avant de montrer que...

2 Mettre en évidence la progression de l'exposé

- Plus encore qu'à l'écrit, vous devez être attentif ou attentive aux **transitions**, de manière que votre auditoire comprenne bien la progression de votre présentation. Les passages d'une partie à l'autre doivent ainsi être explicités.

> Nous venons de voir que...
>
> Nous allons maintenant essayer de comprendre comment ce processus...

Conseil

Tout au long de votre présentation, n'hésitez pas à rappeler le fil conducteur en reprenant les mots-clés de la question.

- Les **liens entre les idées** d'une partie doivent également être clarifiés au moyen de connecteurs logiques : selon le cas, de cause (*car, en effet...*), de conséquence (*donc, c'est pourquoi...*), d'opposition (*cependant...*), de concession (*certes... mais...*), d'addition (*de plus, en outre...*).

ZOOM

Parler debout

- Placez-vous face à votre jury, bien **au centre.**
- **Ancrez vos pieds au sol**, de manière à avoir une assise stable.
- Placez dès le départ **vos mains à hauteur de votre ventre**, sans les laisser pendre. Vous pouvez les croiser devant vous et les dénouer lorsqu'il sera nécessaire d'appuyer le propos ▶ FICHE 24.

Image extraite du film *À voix haute* de Ladj Ly et Stéphane de Freitas, 2017.

Répondre aux questions en lien avec la présentation

29

☐ OK

I Anticiper les questions

1 Les questions sur la présentation

- Le jury va en premier lieu revenir sur certains points de la présentation pour vous **demander des précisions**.

  Vous avez affirmé que... : pouvez-vous donner un exemple ?

  Vous avez cité... : quelle est votre source ?

  Comment définissez-vous le mot ... ?

- Afin de ne pas être surpris·e, efforcez-vous de les anticiper lors de l'élaboration de l'exposé.

2 Les questions sur le programme

- Cependant, le jury peut aussi vous poser des questions sur d'autres thèmes de vos **programmes de spécialités**.
- C'est pourquoi vous devez travailler tout au long de l'année les notions au programme, en imaginant cette interrogation. Voici 4 conseils clés :

Attention
Ces questions peuvent porter sur des thèmes hors du programme limitatif de l'épreuve écrite.

4 conseils clés

1. Faites des fiches pour chaque chapitre
2. Assurez-vous de pouvoir définir les mots-clés
3. Questionnez votre enseignant·e en cas d'incompréhension
4. Complétez le travail fait en cours avec des recherches personnelles

II Développer une posture d'échange

1 Donner des réponses appropriées

- Un seul des deux membres du jury est spécialiste des domaines concernés par votre question. Votre réponse doit donc être **précise mais pas trop jargonneuse**.

D’autres conseils utiles :

Pensez à...	Évitez de...
prendre quelques secondes pour « digérer » la question	vous précipiter : vous risquez de ne pas répondre à la question
donner des réponses brèves pour des précisions, plus longues pour un avis personnel	répondre par oui ou par non : efforcez-vous de développer
vous appuyer sur des connaissances précises, des chiffres, des dates...	rester dans les généralités et utiliser le pronom *on*

2 Gérer les difficultés

Si vous n’êtes **pas sûr·e de comprendre** la question :

- reformulez-la à voix haute pour vérifier que vous avez bien compris ;

  Vous me demandez si... Vous voulez savoir comment...

- demandez des précisions ou un exemple.

  Qu’entendez-vous par... ? Pouvez-vous me donner un exemple ?

Si vous **ne savez pas quoi répondre**, osez le dire : vous pouvez toutefois commencer par faire remarquer la pertinence de la question.

Ce point me semble en effet très intéressant, mais je n’ai pas eu le temps de l’approfondir.

La minute du coach

Savoir écouter pour bien argumenter :
→ hatier-clic.fr/21fbgo08

ZOOM

Éviter les gestes parasites

Apprenez à identifier et à éviter les gestes d’auto-contact que vous effectuez pour vous rassurer en situation de stress : ils brouillent la communication et traduisent votre inconfort.

Passer la main dans ses cheveux

Remonter ses manches, tirer dessus

Toucher sa montre, un bijou...

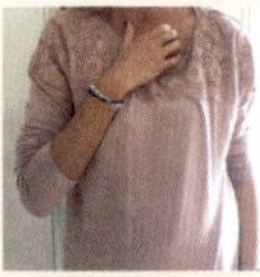
Se gratter avec insistance

Quiz EXPRESS

30

Avez-vous bien révisé les fiches 28 à 30 ? On vérifie !

1 Présenter la question au jury

▶ FICHE 28

Vous êtes sur le point de dépasser les 10 minutes qui vous sont allouées. Quelle est la meilleure stratégie ?

☐ **a.** Accélérer votre débit de parole pour réussir à tout dire

☐ **b.** Interrompre votre exposé à la fin du temps réglementaire en signalant que vous aviez encore des choses à dire

☐ **c.** Renoncer à détailler certains points et passer directement à la conclusion

2 Répondre aux questions en lien avec la présentation

▶ FICHE 29

1. Quelle doit être votre priorité pendant l'entretien ?

☐ **a.** Savoir répondre à toutes les questions

☐ **b.** Être à l'écoute du jury pour répondre de manière pertinente

☐ **c.** Réussir à masquer votre stress

2. Vous n'êtes pas sûr·e d'avoir compris la question. Que faire ?

☐ **a.** Reformuler la question pour vérifier que vous avez compris

☐ **b.** Tenter une réponse en espérant ne pas tomber à côté

☐ **c.** Dire que vous ne savez pas répondre

3 Maîtriser les règles de l'oral

▶ FICHES 28 & 29

Vrai ou faux ?	Vrai	Faux
a. Vous pouvez remettre votre support au jury.	☐	☐
b. Votre façon de vous tenir et vos gestes n'ont aucune importance à l'oral.	☐	☐
c. Vous pouvez admettre que vous ne savez pas répondre à une question du jury.	☐	☐

CORRIGÉS

1 Présenter la question au jury

Réponse c.

La conclusion est un moment essentiel de votre présentation. Prêtez-lui une attention particulière pendant la préparation de l'épreuve et ne la sacrifiez pas le jour J, même si cela implique de passer plus rapidement sur certains points de l'exposé.

2 Répondre aux questions en lien avec la présentation

1. **Réponse b.**

Le jury évalue vos connaissances, mais aussi et surtout votre capacité à interagir à l'oral. Montrez-vous attentif·ve et ouvert·e au dialogue : saisissez les questions qui vous sont posées comme des opportunités pour mettre en valeur vos connaissances et votre intérêt pour le sujet abordé.

2. **Réponse a.** Si vous n'êtes pas sûr·e d'avoir compris, vous pouvez le dire et reformuler la question avec vos propres mots. Le jury vous confirmera que c'était bien le sens de la question ou la formulera d'une autre manière.

3 Maîtriser les règles de l'oral

a. **Faux.**

Vous pouvez présenter votre support au jury afin de l'aider à suivre votre présentation, mais vous ne pouvez pas le lui remettre.

b. **Faux.**

Veillez à soigner votre posture et vos gestes lors de l'oral. Ils vous permettront de vous sentir plus à l'aise et d'appuyer votre propos sans le rendre confus.

c. **Vrai.**

Si le jury pose une question à laquelle vous n'avez pas de réponse, vous pouvez l'indiquer au jury tout en reconnaissant la pertinence de la question. Vous pouvez répondre par exemple que vous n'avez pas pu approfondir cette question en particulier lors de votre préparation.

MATHS • L'invention des logarithmes

31

☐ OK

Comment l'astronomie, la navigation et le calcul bancaire sont-ils à l'origine de l'invention des logarithmes ?

Introduction

[Accroche] Au XVIIe siècle, l'essor de la navigation et le développement du commerce sont à l'origine de nombreux problèmes de calcul numérique. Certains mathématiciens tentent de trouver des méthodes de calcul rapides et sûres. **[Présentation du sujet]** Très intéressé·e par l'astronomie, je me suis souvent demandé comment les « anciens » pouvaient prévoir avec tant de précision certains phénomènes naturels, qui demandent d'effectuer de nombreux calculs. **[Annonce du plan]** J'expliquerai d'abord comment les logarithmes permettent de multiplier des grands nombres en minimisant le temps et le risque d'erreurs, j'évoquerai ensuite les idées mathématiques qui ont permis cette découverte et je donnerai enfin de nombreux exemples d'applications.

I Multiplier à l'aide des logarithmes

- À une époque où tous les calculs se font à la main, la longueur de certains est un obstacle majeur au progrès scientifique. Les logarithmes, inventés par l'Écossais John Napier en 1614, ont comme « merveilleuse » propriété de transformer les produits en sommes et de simplifier les calculs.

> **Conseil**
> Choisissez un plan simple axé sur la propriété fondamentale des logarithmes.

- Voici un aperçu de sa méthode pour multiplier deux nombres A et B. Par l'intermédiaire de tables, on associe à ces deux nombres leurs logarithmes, notés $\text{LN}(A)$ et $\text{LN}(B)$, tels que $\text{LN}(A)+\text{LN}(B) = \text{LN}(A\times B)$. Ainsi, pour déterminer une valeur approchée du produit $A \times B$, par lecture inverse des tables, il suffit d'effectuer l'addition $\text{LN}(A) + \text{LN}(B)$.

II Définir les logarithmes

- L'idée majeure de Napier est de mettre en correspondance une progression géométrique (*logos*) et une progression arithmétique (*arithmos*) de manière à généraliser à des exposants non entiers la propriété $q^a \times q^b = q^{a+b}$.

- Par l'intermédiaire de tables, Napier donne un moyen de faire correspondre un « logarithme » qui possède cette propriété à chaque nombre positif. En procédant par approximations, il obtient des valeurs très précises, à l'aide de calculs simples et faciles à vérifier.
- Si la notion n'existe pas encore, cette mise en correspondance est pourtant bien une « fonction » : l'opposé de la fonction logarithme népérien, nommée en l'honneur de Napier (Neper en français).

[Transition] S'il a fallu quarante ans à Napier pour établir sa théorie et ses tables, une fois connues, elles ont fait gagner énormément de temps aux scientifiques.

III Utiliser les logarithmes

- Le temps de calcul que demande une multiplication est bien supérieur à celui d'une addition, et ce d'autant plus que les nombres considérés sont grands (il faut effectuer environ autant d'additions qu'il y a de chiffres dans les nombres considérés). Le fait de transformer les produits en sommes a donc pour avantages la simplicité et la rapidité d'exécution. Comme le dira plus tard Laplace, « l'invention des logarithmes [...] double pour ainsi dire la vie des astronomes ».
- Les contemporains de Napier apprécient rapidement ce nouvel outil de calcul. Henry Briggs, professeur de mathématiques à Londres, engagé dans de difficiles calculs astronomiques, reconnaît l'intérêt des logarithmes et va faciliter leur utilisation. L'Allemand Johannes Kepler les utilise pour calculer des éphémérides astronomiques. Les marins s'en emparent et les utilisent pour calculer des distances. Pour un banquier, il devient facile de connaître le temps qu'il faut à un capital pour doubler lorsqu'il est placé à intérêts composés.

> **À noter**
> Pour chaque exemple cité, vous devez être en mesure de répondre à d'éventuelles demandes de précisions de la part du jury.

Conclusion

Toute activité scientifique nécessite du calcul numérique. Les logarithmes de Napier sont une avancée historique notoire qui sera suivie en 1624 par la définition de Briggs des logarithmes décimaux, plus adaptés à la numération en base dix. Aujourd'hui la fonction ln, héritée des travaux de Napier, est étudiée en terminale. L'échelle logarithmique est d'un emploi courant dans de nombreux domaines (chimie, acoustique, sismologie...).

MATHS • La modélisation mathématique

32

☐ OK

Quels modèles discrets peut-on considérer pour l'étude de l'évolution d'une population ?

Introduction

[**Accroche**] Fin 2019 a commencé en Chine la pandémie de la Covid-19. [**Présentation du sujet**] Différentes prédictions ont alors été présentées au public quant au développement de l'épidémie. [**Formulation de la problématique**] Je me suis ainsi rendu compte que différents modèles mathématiques sont utilisés par les scientifiques pour étudier l'évolution du nombre de personnes d'une population. [**Annonce du plan**] Je considérerai ici deux modèles mathématiques discrets : le modèle de Malthus puis celui, plus élaboré, de Verhulst.

I Le modèle de Malthus

- D'après Thomas Malthus (1766-1834), l'accroissement annuel de la population mondiale est proportionnel à son effectif. Le coefficient de proportionnalité dépend des taux de mortalité et de fertilité.

- Cela entraîne que, si on note H_n le nombre d'habitants au bout de n années, alors (H_n) est une suite géométrique de raison $\lambda > 1 + f - m$, où f (resp. m) est le taux de fertilité (resp. mortalité). Le modèle obtenu est alors exponentiel. Ainsi, comme attendu :
  - si $f > m$ alors $\lambda > 1$ et la population croît ;
  - si $f = m$ alors $\lambda = 1$ et la population stagne ;
  - si $f < m$ alors $\lambda < 1$ et la population décroît.

- On sait d'autre part qu'une suite géométrique de raison strictement comprise entre 0 et 1 admet pour limite 0, donc si $\lambda < 1$ (λ est positive), la population tend à s'éteindre. On sait également qu'une suite géométrique de raison strictement supérieure à 1 tend vers $+\infty$, donc si $\lambda > 1$, la population tend à devenir infinie !

> **Conseil**
> Cette limite s'obtient en utilisant l'inégalité de Bernoulli, que vous pourrez énoncer si le jury vous le demande. Vous pouvez aussi vous appuyer sur un support écrit.

[**Transition**] Cette évolution n'est évidemment pas raisonnable puisque la quantité de ressources disponibles sur Terre est limitée.

II Le modèle de Verhulst

- Pour tenir compte des limites environnementales, Pierre-François Verhulst (1804-1849) adopte le modèle logistique et postule que l'évolution d'une population d'une année sur l'autre est régie par la relation :

$$P(n+1) - P(n) = aP(n)\left(1 - \frac{P(n)}{K}\right),$$

où $P(n)$ est l'effectif de la population l'année n, le premier facteur $aP(n)$ tient compte de la croissance naturelle de la population et le second facteur $1 - \frac{P(n)}{K}$ de la capacité d'accueil maximale du milieu.

- Selon ce modèle, une population de petite taille a tendance à croître pour atteindre un effectif limite K ; *a contrario*, une population de grande taille a tendance à décroître vers cette limite K. Le modèle logistique d'évolution d'une population se représente par une courbe en « S » appelée sigmoïde.

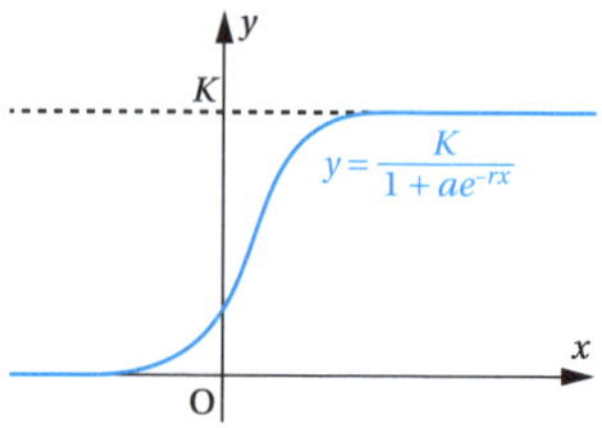

Conseil

Vous pourrez tracer cette sigmoïde lors du temps de préparation pour la présenter au jury. Vous pourrez également écrire l'équation logistique : $P(n+1) = \mu P(n)(1 - cP(n))$.

Conclusion

[Bilan] Comme tout modèle, on ne peut appliquer les modèles de Malthus et de Verhulst qu'à certaines situations : le modèle de Malthus est adapté à l'étude d'une population évoluant sans grande contrainte pendant un temps court ; celui de Verhulst s'applique à des populations dont les individus ont des caractéristiques identiques (taux de mortalité et de natalité homogènes…). Des modèles plus élaborés ont depuis vu le jour et l'utilisation de l'informatique permet de prendre en compte de plus en plus de paramètres.

À noter

On peut également utiliser le modèle de Malthus pour étudier l'évolution d'autres types de population, comme celle de bactéries dans un milieu donné.

PHYSIQUE-CHIMIE • Médecine et radioactivité

En quoi le développement de la médecine nucléaire est-il intimement lié à la compréhension de la radioactivité ?

Introduction

[**Accroche**] Le 24 février 1896, à l'Académie des sciences, Henri Becquerel présente sa découverte d'un rayonnement hyperphosphorescent issu de l'uranium. C'est ce sujet que Marie Curie choisit en 1897 pour sa thèse de doctorat. Elle montre les propriétés ionisantes de l'hyperphosphorescence, qu'elle renomme radioactivité. [**Présentation du sujet**] On connaît aujourd'hui ses applications médicales pour diagnostiquer des cancers et les soigner. En quoi le développement de la médecine nucléaire est-il intimement lié à la compréhension de la radioactivité et à sa modélisation ? [**Annonce du plan**] Pour répondre à cette question, je parlerai d'abord de la naissance de la médecine nucléaire en lien avec les progrès de la physique. Puis, à partir de l'exemple de la tomographie par émission de positons (TEP), j'expliquerai pourquoi la mise en œuvre de cette imagerie nécessite l'utilisation de fluor 18 et j'évoquerai la question de la mesure de la dose à injecter au patient.

À noter

Ce sujet balaie tous les contenus du programme sur la radioactivité. Il impose de débuter par une présentation historique, en citant des exemples marquants. Puis on choisit de ne développer que la TEP et les propriétés ionisantes des rayonnements.

I | Quelques repères d'histoire des sciences

- Irène et Frédéric Joliot-Curie découvrent la radioactivité artificielle en 1934. La production de radio-isotopes artificiels permet les premières applications cliniques. Ainsi l'iode 131, radioélément β^- de demi-vie 8 jours, est utilisé dès 1942 dans le traitement du cancer de la thyroïde.
- Les années 1950-1960 voient la mise au point des premières scintigraphies. La médecine nucléaire naît officiellement au début des années 1970.

[**Transition**] La TEP est un bel exemple d'imagerie médicale par injection d'un produit radioactif, en général le fluor 18.

II Principes de la TEP

Du ^{18}FDG, c'est-à-dire du glucose marqué par du fluor 18, est injecté par voie intraveineuse au patient. Le glucose est absorbé par les organes énergivores comme le cerveau et le cœur, mais surtout par les cellules cancéreuses qui ont besoin d'énergie pour se multiplier.

Pourquoi choisit-on le fluor 18 ?

Conseil

Joignez le geste à la parole pour montrer les directions d'émission des photons, puis l'anneau de capteurs.

1. Le fluor 18 est un émetteur β^+. C'est une condition indispensable pour une TEP car le positon émis lors de la désintégration s'annihile avec un électron des tissus du patient en produisant deux photons γ émis dans des directions opposées. Ces deux photons sont reçus par un système de capteurs disposés en anneau tout autour du patient. Cela permet de localiser précisément la tumeur cancéreuse et d'en obtenir une image en 3D.

2. La demi-vie du fluor 18 est d'environ 2 heures. Cela est assez court pour que le patient ne soit pas exposé aux radiations trop longtemps, et assez long pour la mise en œuvre de la tomographie, qui dure plusieurs heures.

3. Le noyau issu de la désintégration du fluor 18 est l'oxygène 18, qui est stable. Cela est fondamental pour ne pas accroître l'irradiation du patient.

Comment savoir quelle dose injecter au patient ?

Les médecins estiment qu'il faut injecter au patient une activité de 7 MBq par kilogramme de masse corporelle, environ deux heures avant le début de la TEP. Ainsi pour un patient de 70 kg, il faudra injecter une activité de 490 MBq. Le préparateur doit donc prélever la solution de ^{18}FDG et mesurer son activité avec un compteur de radioactivité. Bien sûr, tout cela doit être réalisé en se protégeant au maximum des rayonnements ionisants.

Conclusion

[Bilan] C'est grâce aux travaux sur la radioactivité, de la famille Curie en particulier, dès la fin du XIXe siècle et jusqu'à la Seconde Guerre mondiale, qu'est née la médecine nucléaire. Les techniques de diagnostic du cancer et de radiothérapie ont depuis prodigieusement progressé grâce aux modèles développés par les physiciennes et les physiciens. **[Ouverture]** Toutes ces avancées fondamentales et appliquées ont aussi permis d'améliorer la compréhension des dangers liés aux rayonnements ionisants.

PHYSIQUE-CHIMIE • Les procédés d'extraction

34

☐ OK

Les composés odorants : comment les extraire de manière écoresponsable ?

Introduction

[**Accroche**] Au temps de la Rome antique, les parfumeurs extrayaient des substances odorantes en faisant macérer des végétaux dans l'eau ou dans des huiles végétales. En vingt siècles, l'essor de la chimie a permis de comprendre ces procédés empiriques d'extraction, de les optimiser et de les compléter par d'autres méthodes. [**Présentation du sujet**] Aujourd'hui, les questions environnementales sont cruciales et les techniques de production des composés odorants ont évolué pour intégrer les principes de la chimie verte. [**Annonce du plan**] J'expliquerai les principes physico-chimiques sur lesquels reposent les techniques d'extraction des composés odorants naturels, puis je présenterai quelques exemples d'évolution écoresponsable de ces techniques.

I | Les principes des techniques d'extraction

- Les huiles essentielles et les absolues sont les matières premières des parfumeurs, avec lesquelles ils composent les parfums. Comme les huiles essentielles, les absolues sont des extraits végétaux très concentrés issus de fleurs, de graines, de bois, ou encore de racines. C'est le mode d'extraction qui constitue la principale différence entre absolues et huiles essentielles.
- Dans le cas des huiles essentielles, comme celles de romarin ou de lavande, deux propriétés – volatilité et lipophilie – permettent d'extraire les composés odorants en pratiquant une hydrodistillation ou un entraînement à la vapeur.
- Les absolues, comme celle de jasmin, sont obtenues par une extraction à l'aide d'un solvant apolaire puisque les molécules odorantes sont lipophiles. Le solvant typiquement utilisé est l'hexane.

[**Transition**] Les techniques d'extraction de l'industrie de la parfumerie reposent certes sur des méthodes très anciennes mais, grâce aux recherches, des améliorations sont régulièrement apportées pour les optimiser.

II De nouveaux procédés d'extraction écoresponsables

Afin de prendre en compte les principes de la chimie verte, de nouveaux processus d'extraction sont développés. En voici quatre exemples.

> **Conseil**
> Vous pourrez lister les 12 principes de la chimie verte sur votre support écrit.

- Pour **réduire la consommation énergétique et l'émission de CO_2** lors d'une hydrodistillation, le chauffage traditionnel peut être remplacé par le chauffage par micro-ondes (principe 6 de la chimie verte).
- Pour **proscrire les solvants dérivés du pétrole**, l'utilisation du dioxyde de carbone supercritique se généralise. Il a le même pouvoir d'extraction que les solvants apolaires sans être polluant (principe 5 de la chimie verte).
- Pour **améliorer le rendement d'une extraction par solvant**, on l'associe à l'action d'ultrasons qui cassent les membranes lipidiques des végétaux et permettent au solvant de dissoudre plus rapidement le composé odorant d'intérêt (principe 2 de la chimie verte).
- Pour **éliminer certains composés toxiques ou indésirables** (tel l'eugénol dans l'huile essentielle de rose) et améliorer ainsi la qualité olfactive d'une huile essentielle, une nouvelle technique écoresponsable est en cours de développement : la biocatalyse (principe 9 de la chimie verte).

> **Conseil**
> Le vocabulaire scientifique utilisé doit être précis et bien maîtrisé puisqu'il peut donner lieu à des questions de la part du jury.

Conclusion

[Bilan] Grâce aux progrès des sciences chimiques et notamment l'interprétation des propriétés macroscopiques à l'aide des modèles microscopiques, les principes sur lesquels reposent les procédés très anciens d'extraction des composés odorants sont bien compris. Les questions liées à la santé des personnes et à la protection de l'environnement sont aujourd'hui centrales et amènent les chimistes de la parfumerie à innover pour respecter les principes de la chimie verte. **[Ouverture]** Ces contraintes réglementaires, qui peuvent été perçues comme des obstacles au développement économique, constituent en réalité de remarquables défis que les chercheur·se·s et les ingénieur·e·s savent très souvent relever.

SVT • Les sociétés humaines et le climat

35

☐ OK

Les sociétés humaines sont-elles dépendantes du climat ? L'exemple de l'Égypte

Introduction

[Accroche] Actuellement, nous sommes très préoccupés par le réchauffement climatique et nous nous demandons si nos sociétés pourront s'adapter à un tel bouleversement. **[Présentation du sujet]** Pourtant, depuis l'apparition de l'homme moderne, le climat mondial a déjà été modifié de nombreuses fois : des phases glaciaires ont succédé à des phases plus chaudes, telle l'époque actuelle, et les sociétés humaines se sont toujours adaptées à ces changements. **[Formulation de la problématique]** Passionné·e d'archéologie, j'ai voulu étudier comment le climat a pu contribuer à modeler la civilisation égyptienne antique, et comment, de nos jours encore, l'Égypte, située aux portes du Sahara, reste un pays particulièrement sensible aux variations climatiques. **[Annonce du plan]** J'expliquerai d'abord comment le climat a pu influencer l'installation des humains en Égypte, puis j'évoquerai les conséquences du réchauffement climatique actuel sur cette région.

I S'installer au bord du Nil il y a 10 000 ans

- La Ire dynastie de pharaons s'installe vers 3 100 av. J.-C. à Thinis, en Moyenne Égypte, mais les traits de cette civilisation sont plus anciens et déjà visibles chez les populations d'agriculteurs installés vers 5 000 av. J.-C.

> **À noter**
> Développer une idée signifie ici mettre en évidence une relation de cause à effet : la désertification du Sahara a entraîné la migration vers le Nil.

- Cette période fait suite à une longue désertification du Sahara. En effet, vers 15 000 à 9 000 av. J.-C., le Sahara était recouvert de savanes et occupé par des populations de chasseurs-cueilleurs, alors que le Nil était un vaste marécage insalubre. La sortie progressive de la dernière phase glaciaire du Würm (vers 10 000 av. J.-C.) s'est traduite par une lente désertification du Sahara, qui a entraîné une migration (entre 9 000 et 5 000 av. J.-C.) vers les rives du Nil, plus accueillantes. Ces sociétés y ont développé l'agriculture, forgeant ce qui allait devenir l'Égypte pharaonique. Le développement de cette civilisation serait donc directement lié aux variations climatiques ayant affecté l'Afrique du Nord.

[Transition] Si le réchauffement climatique de l'Holocène a facilité l'installation de populations humaines en Égypte, le réchauffement actuel est problématique pour la société égyptienne moderne.

Conseil

À l'oral, les parties doivent s'enchaîner de façon logique et fluide. Une transition est donc indispensable : elle fait le bilan de la première partie et introduit la seconde.

II S'adapter au réchauffement actuel en Égypte

- Du fait de la désertification du Sahara, la population égyptienne actuelle est concentrée dans une étroite bande sur les bords du Nil. L'extension urbaine couplée à la désertification réduit l'espace dédié aux cultures.
- Si des projets existent pour irriguer le désert, ils risquent de réduire la ressource en eau. L'Égypte dépend exclusivement du Nil pour ses ressources en eau. Or le Nil bleu a sa source en Éthiopie et traverse plusieurs pays avant d'arriver en Égypte, et ces pays souhaitent en profiter pour installer des barrages et des systèmes d'irrigation réduisant d'autant les apports en eau en Égypte. Cette dernière contrôle aussi le barrage d'Assouan, qui a considérablement réduit les apports sédimentaires indispensables à la fertilisation des terres cultivables, et pourrait à moyen terme entraîner une régression du delta.

Conclusion

[Bilan] Selon les époques, les variations climatiques ont pesé de façon favorable ou défavorable sur la civilisation égyptienne. **[Ouverture]** Aujourd'hui, le réchauffement climatique pèse lourdement sur l'Égypte : hausse du niveau de la mer et inondation dans le delta, sécheresses récurrentes, développement de parasites, etc.

À noter

D'autres ouvertures sont possibles, selon vos intérêts : insister sur les problèmes économiques du pays ou sur la géopolitique régionale, sur le fait que chaque aménagement proposé présente des avantages et des inconvénients, etc.

SVT • Les effets de la nicotine

36

☐ OK

Quelles sont les conséquences de l'utilisation de la nicotine sur l'organisme humain ?

Introduction

[**Accroche**] En 2018, 15 millions de Français·es consommaient régulièrement du tabac. [**Présentation du sujet**] La nicotine, molécule active du tabac, est ainsi l'une des substances exogènes les plus consommées en France. Pourtant, c'est une des molécules les plus addictives : 3,4 millions de Français·es sont traités pour addiction en 2018. [**Formulation de la problématique**] Je me suis intéressé·e aux modes d'influence de la nicotine sur le fonctionnement de l'organisme. [**Annonce du plan**] Je montrerai d'abord comment la nicotine peut perturber le système neuromusculaire, puis comment cette molécule et ses dérivés pourraient être utilisés à d'autres fins.

À noter

Le plan proposé est très simple – d'abord les inconvénients puis les avantages – mais d'autres plans sont possibles : par exemple, une partie sur les conséquences au niveau du muscle et une autre sur le cerveau.

I Les conséquences de la prise de nicotine sur l'organisme

- La nicotine représente entre 0,6 et 3 % du poids sec du tabac. Elle est aussi présente à des doses beaucoup plus faibles dans d'autres plantes comestibles de la même famille (pommes de terre, tomates, aubergines).
- Après inhalation, la nicotine traverse la barrière pulmonaire et est alors véhiculée par le sang. Elle traverse aussi la barrière hémato-encéphalique en moins de 20 secondes, en court-circuitant le système porte hépatique qui retraite habituellement les molécules ingérées.
- La nicotine se fixe à de multiples récepteurs de l'acétylcholine, situés sur la membrane de nombreuses cellules différentes, notamment les cellules musculaires et les neurones. Elle joue alors le même rôle que l'acétylcholine, se fixant sur le récepteur avec une meilleure affinité.
- Cette fixation permet le passage d'ions (à l'origine des messages nerveux ou de la contraction musculaire), d'où l'amélioration de la cognition, des performances musculaires ou de la mémorisation, observée

dans de nombreuses études. Sur d'autres récepteurs, cette fixation facilite *in fine* la sécrétion de plusieurs neurotransmetteurs, notamment la dopamine.

- Ce dernier effet serait à l'origine de l'euphorie ressentie par le fumeur, la dopamine étant le principal neurotransmetteur du système de récompense. Le fumeur aura ainsi tendance à consommer de plus en plus pour retrouver cet état d'euphorie, ce qui est à l'origine de l'addiction.

Conseil

L'addiction est un phénomène complexe : profitez du temps de préparation pour réaliser un schéma explicatif, qui pourra nourrir l'entretien avec le jury.

[Transition] Si ces effets justifient le classement de la nicotine comme poison, ils peuvent également être profitables dans d'autres situations.

II Utiliser la nicotine dans d'autres contextes

- En médecine, la nicotine et ses substituts sont principalement utilisés dans le sevrage tabagique. Administrer la substance active à des doses contrôlées et décroissantes dans le temps, sans les autres molécules toxiques que peut contenir la cigarette, augmente le succès des protocoles de sevrage.

- La nicotine pourrait être intéressante dans le traitement des dépressions, mais aussi de certaines maladies neurodégénératives. Des études montrent ainsi un effet protecteur du tabagisme vis-à-vis de la maladie de Parkinson.

- Enfin, du fait de ses effets neurotoxiques, la nicotine a été utilisée comme insecticide dès la fin du XVIIe siècle, avant d'être interdite en 2009 dans l'UE. Actuellement, des dérivés de la nicotine, les néonicotinoïdes, sont toujours largement utilisés comme pesticides, malgré leur toxicité.

Conclusion

[Bilan] Ainsi, la nicotine perturbe durablement le système neuromusculaire, mais ses effets peuvent aussi être utilisés à des fins thérapeutiques. **[Ouverture]** D'autres drogues présentent la même ambivalence : les opiacés, à l'origine des drogues dures telle l'héroïne, sont ainsi des antalgiques puissants.

La croissance économique est-elle compatible avec la préservation de l'environnement ?

Introduction

[Accroche] Début 2020, avec la crise du Covid-19, la production chinoise est au plus bas depuis 30 ans. Mais c'est aussi la pollution de l'air qui a diminué et les bancs de poissons qui sont revenus dans les canaux de Venise ; en somme, c'est une amélioration globale de l'état de l'environnement qui a été constatée. **[Présentation du sujet]** L'environnement ? C'est notre planète tout entière, les ressources renouvelables, comme ces poissons vénitiens, et non renouvelables, comme le pétrole. Comment la croissance économique – c'est-à-dire l'augmentation soutenue du PIB –, pourrait-elle le préserver ? Par l'innovation ? Ou serions-nous fous de penser que la croissance est infinie ? **[Formulation de la problématique]** J'ai donc cherché à savoir si l'augmentation du PIB était compatible avec la préservation des ressources naturelles. **[Annonce du plan]** Dans un premier temps, je montrerai que certains économistes considèrent que la croissance préserve l'environnement, puis je discuterai ce lien pour enfin essayer de comprendre la politique climatique actuelle.

I La croissance économique préserve l'environnement

- Les théoriciens de la soutenabilité faible supposent que le capital naturel peut être substitué aux autres capitaux (technologique, physique, humain). Ainsi, le manque de pétrole sera compensé par le travail d'ingénieurs (capital humain) inventant les éoliennes (capital technologique) produites en grand nombre (capital physique).

- L'innovation les rend optimistes ! Pour la financer, la développer, il faut aussi de la croissance économique. La croissance durable, voire une révolution verte, serait donc possible. De ce point de vue, la croissance économique n'est donc pas le problème mais la solution.

Conseil

À l'oral, comme à l'écrit, respectez la logique **A-E-I**. D'abord, **A**ffirmez une idée, puis **E**xpliquez (théories, mécanismes, auteurs…) et enfin **I**llustrez, en utilisant l'actualité si possible.

[Transition] L'innovation a bien bouleversé nos modes de production et parfois remplacé la nature, mais il faut admettre que la planète se porte mal et que son état s'améliore quand la croissance ralentit.

II La croissance économique nuit à l'environnement

- Les économistes de la soutenabilité forte s'opposent aux tenants de la soutenabilité faible. D'après eux, le capital naturel n'est pas substituable. Comment remplacer les grands glaciers qui assurent l'équilibre des températures ? Et la forêt amazonienne ?
- La croissance économique produit systématiquement des externalités négatives, tout comme les innovations. Que penser de la voiture électrique, si polluante à produire et à recycler en raison des métaux rares que nécessite sa batterie ?

[Transition] Les gouvernements sont conscients de la dégradation de l'environnement. Mais font-ils assez ? Grâce aux sommets internationaux, aux initiatives nationales ou locales, des instruments climatiques existent.

III L'exemple de la politique climatique

- L'environnement est un bien commun. Chacun d'entre nous peut le dégrader, mais nous en sommes tous dépendants, et son utilisation n'est pas illimitée.
- Des réglementations nationales et internationales interdisent l'utilisation de gaz CFC nocifs à la couche d'ozone. Un marché européen des quotas d'émission de carbone a été créé. Enfin, presque tous les pays subventionnent l'achat des innovations écologiques.
- Ces instruments de la politique climatique sont un moyen pour nos économies de continuer à consommer et produire, autrement dit un moyen de soutenir leur croissance économique, tout en limitant les externalités négatives qui affectent l'environnement. Malgré tout, le réchauffement climatique perdure…

Conclusion

[Bilan] En somme, la théorie de la soutenabilité faible mise pleinement sur l'innovation, alors que celle de la soutenabilité forte s'inscrit dans une diminution volontaire de la croissance économique, et l'exemple du climat semble donner raison à cette dernière. **[Ouverture]** La dégradation de l'environnement ne présage-t-elle pas de nouvelles formes d'inégalités ?

☐ OK

Comment lutte-t-on contre le chômage en France en 2020 ?

Introduction

[**Accroche**] En 1980, le nombre de chômeurs et de chômeuses dépassait pour la première fois la barre du million. Fin 2020, après la crise de la Covid-19, ce nombre a été multiplié par 4. [**Présentation du sujet**] Un chômeur, c'est une personne sans emploi qui en recherche activement un. Malgré la simplicité apparente de cette définition, il existe différentes formes et causes de chômage. Le chômage structurel s'explique par l'existence de rigidités durables sur le marché du travail, alors que le chômage conjoncturel est au contraire lié à un contexte économique insatisfaisant. [**Formulation de la problématique**] J'ai voulu étudier la question de la lutte contre ces deux types de chômage, en France, en 2020. [**Annonce du plan**] Dans un premier temps, je montrerai que la France lutte contre un chômage conjoncturel dans un contexte de pandémie qui a provoqué l'effondrement de la demande globale. Dans un deuxième temps, je soutiendrai que la lutte contre le chômage structurel n'a pas été abandonnée.

Conseil

Montrez que vous êtes capable d'utiliser l'actualité pour la relier à votre cours et aux grandes polémiques économiques. Les exemples enrichissent votre argumentation et la rendent vivante.

I La lutte contre le chômage conjoncturel

- Le chômage conjoncturel s'explique par une insuffisance de la demande globale, c'est-à-dire une consommation, un investissement ou des dépenses publiques trop faibles.
- Le constat est sans appel. Presque 7 millions de salarié·e·s se sont retrouvés en activité partielle dès le premier mois de l'épidémie. La consommation a diminué d'un tiers, et la baisse de 15 % du PIB est la plus forte de notre histoire.
- Les solutions mobilisées par le gouvernement en place sont classiques mais d'une ampleur inédite. Tout d'abord, la mise en place d'un chômage partiel ainsi que le renforcement de la plupart des revenus de transfert : le montant des allocations chômage est maintenu, les

pertes de revenus salaires sont compensées par l'État. Des aides exceptionnelles aux indépendant·e·s de l'ordre de 1 500 euros ont été attribuées et l'embauche d'un·e salarié·e de moins de 24 ans fait l'objet d'une prime de 4 000 euros.

- L'objectif de cette politique conjoncturelle est d'augmenter les composantes de la demande globale (la consommation, l'investissement public et privé, etc.). De cette façon, les entreprises anticipent cette hausse et continuent à investir et à embaucher, en espérant maximiser leurs profits.

[Transition] La lutte contre le chômage conjoncturel passe par le soutien de la demande globale, mais le gouvernement a aussi mené une politique économique apte à lutter contre le chômage structurel.

II | La lutte contre le chômage structurel

- Le chômage structurel est dû à des facteurs économiques durables, comme un coût du travail trop élevé, le manque de formation, etc., et non à la conjoncture économique.
- La France a donc agi sur ces leviers : d'abord en prenant en charge une partie des salaires, ce qui a allégé le coût du travail pour les entreprises et leur a permis de ne pas licencier des salarié·e·s devenus moins productifs.
- En juin 2020, un plan de relance a été mis en place avec des baisses durables de cotisations sociales et une relocalisation des entreprises grâce à une diminution des impôts sur la production.

> **Conseil**
> Pour ce sujet d'actualité, vous devez mobiliser quelques données chiffrées et les tenir à jour jusqu'à la dernière minute.

- L'objectif est de modifier ou supprimer certaines rigidités du marché du travail (salaire minimum, prélèvements obligatoires...) pour diminuer le chômage, conformément à la théorie néoclassique.

Conclusion

[Bilan] En somme, deux types de politiques économiques complémentaires permettent de lutter contre le chômage. Si elles sont opposées par leurs moyens, elles poursuivent les mêmes objectifs économiques. **[Ouverture]** Mais ne risquent-elles pas d'avoir des répercussions sur l'endettement des États, qui finiraient par pénaliser la création de nouveaux emplois ?

☐ OK

Les attentats du 11 septembre 2001 sont-ils caractéristiques des guerres irrégulières ?

Introduction

[Accroche] Dans son ouvrage *La Géopolitique*, Pascal Boniface affirme : « Le terrorisme brise la distinction combattant/non-combattant. Il fait du monde entier un champ de bataille éventuel ». **[Présentation du sujet]** Les attentats terroristes qui frappent les États-Unis le 11 septembre 2001 corroborent cette affirmation. À ce titre, ils soulignent les limites de la définition de la guerre classique élaborée par Clausewitz. **[Formulation de la problématique]** Passionné·e d'histoire contemporaine et de géopolitique, je me propose de montrer en quoi les attentats du 11 septembre sont caractéristiques des guerres irrégulières. **[Annonce du plan]** Pour ce faire, je soulignerai d'abord l'abolition de la distinction entre combattants et non-combattants, puis la mondialisation de ce mode d'action.

I L'abolition de la distinction entre combattants et non-combattant

- Le schéma classique de la guerre élaboré par Clausewitz dès le XIXe siècle présente la guerre comme une confrontation entre États qui oppose essentiellement leurs armées régulières.
- Les attentats du 11 septembre 2001 perpétrés par l'organisation terroriste Al-Qaida, dirigée par le saoudien Oussama Ben Laden, invalident ce schéma. En effet, en ciblant en particulier les tours jumelles du World Trade Center, ils s'attaquent à des civils (passagers des avions détournés, salariés travaillant dans les bureaux, secouristes). À cet endroit, 2 753 victimes (sur 2 977 au total) sont à déplorer.

> **Bon à savoir**
> Ces attentats ont également visé le Pentagone et le Capitole. Ce dernier n'a pas été touché, l'avion s'étant écrasé avant de toucher sa cible.

- Le principal objectif des attentats est ainsi de créer un choc psychologique dans la population américaine. Ce choc est entretenu par les chaînes de télévision d'information en continu, qui diffusent les images des tours jumelles en feu durant des dizaines d'heures.

[Transition] Toutefois, si l'indistinction entre militaires et civils caractérise la guerre irrégulière, sa dimension spatiale est également à prendre en compte.

Conseil

À l'oral, une transition de ce type donne de la fluidité et de la cohérence à votre propos : de façon brève, vous rappelez au jury qu'il s'agit bien d'un sujet géopolitique.

II Un terrorisme global

- Depuis l'attaque japonaise sur Pearl Harbor (le 7 décembre 1941), le territoire des États-Unis est perçu par les Américains comme un sanctuaire invulnérable. Avec les attentats du 11 septembre qui les frappent au cœur de leur puissance économique, militaire et politique, ce mythe s'effondre. L'ensemble des pays occidentaux sont frappés à leur tour dans les années qui suivent (l'Espagne en 2004, le Royaume-Uni en 2005 et la France en 2015).
- La médiatisation des attentats du 11 septembre assurée par les médias occidentaux nourrit le sentiment de vulnérabilité de nombreux États face à un ennemi protéiforme, sans assise territoriale permanente. C'est d'ailleurs l'objectif recherché par Oussama Ben Laden, qui cherche à les déstabiliser au nom du djihad.
- L'organisation terroriste Al-Qaida, structurée en réseau avec des relais en Irak, au Yémen et en Afrique du Nord, démontre ainsi sa capacité à agir à l'échelle mondiale, très loin de sa base afghane. Les activités d'Al-Qaida se poursuivent aujourd'hui avec des attentats qui frappent principalement le Moyen-Orient, l'Afrique et l'Asie. De plus aucune bataille décisive (selon le modèle de Clausewitz) ne permet de mettre fin à ce type d'actions.

Bon à savoir

L'Afghanistan, alors dirigé par les talibans, accueille en effet les centres d'entraînement des djihadistes d'Al-Qaida. C'est pourquoi, dès le mois d'octobre 2001, la riposte militaire américaine frappe cet État.

Conclusion

[Bilan] Ainsi, les attentats du 11 septembre 2001 sont bien caractéristiques d'une nouvelle forme de guerre au XXIe siècle : la guerre irrégulière et asymétrique. Perpétrés par des petits groupes de terroristes contre des cibles civiles, ils échappent au schéma classique de l'affrontement entre armées régulières. De plus, en touchant le cœur des États-Unis, ils rappellent que leur champ d'action est planétaire. **[Ouverture]** La « guerre contre le terrorisme » lancée par le président américain George W. Bush dès le mois d'octobre 2001 semble vouée à l'échec compte tenu de la complexité de cette nouvelle forme de conflit.

Comment ont évolué les mémoires de la guerre d'Algérie en France ?

Introduction

[**Accroche**] Le 13 septembre 2018, le président de la République Emmanuel Macron reconnaît officiellement la responsabilité de l'armée française dans l'exécution de Maurice Audin, militant communiste favorable à l'indépendance de l'Algérie, en 1957. Il met alors fin à soixante-dix années d'occultation officielle d'un crime d'État. [**Présentation du sujet**] Cet événement soulève la question des mémoires de la guerre d'Algérie, c'est-à-dire des souvenirs que différents groupes ou communautés ont gardés du conflit. [**Formulation de la problématique**] C'est pourquoi nous nous efforcerons de répondre à la question suivante : comment ont évolué les mémoires de la guerre d'Algérie en France ? [**Annonce du plan**] Après deux décennies d'amnésie officielle (années 1960-1970), on assiste à un réveil des mémoires (années 1980-1990), puis à une reconnaissance progressive du conflit (à partir de 1999).

I Un conflit occulté (années 1960-1970)

- Au lendemain des accords d'Évian (18 mars 1962) qui mettent fin à la guerre d'Algérie, le général de Gaulle veut tourner la page au nom de l'unité nationale. En effet, le conflit a affaibli la puissance du pays et a profondément divisé l'opinion publique entre les partisans de l'Algérie française et ceux de l'indépendance du territoire algérien.
- En 1968 est votée une loi d'amnistie qui permet aux membres de l'OAS de sortir de prison ou de rentrer d'exil. Le livre de Henri Alleg (*La Question*) dénonçant l'usage de la torture par l'armée française est interdit depuis 1958.
- Cependant, les pieds-noirs et les harkis sont en quête de reconnaissance : en 1970, une loi indemnise les rapatriés d'Algérie pour les biens laissés sur leur terre natale ; en 1974-1975, les harkis se soulèvent pour dénoncer leurs conditions de vie dans les cités d'accueil.

Bon à savoir

L'OAS (Organisation Armée secrète) est une organisation terroriste fondée par des militaires partisans de l'Algérie française.

II | Le réveil des mémoires (années 1980-1990)

- Les années 1980 sont marquées par la percée électorale du Front national, nostalgique de l'Algérie française et hostile à l'immigration. Les tensions liées au conflit algérien sont alors réactivées chez la deuxième génération des différentes communautés (pieds-noirs, harkis, immigrés algériens).
- La guerre d'Algérie fait l'objet d'un regain d'intérêt : en 1983, la question entre dans les programmes de lycée ; en 1991, l'historien Benjamin Stora publie *La Gangrène et l'oubli : la mémoire de la guerre d'Algérie*.

III | Un conflit reconnu (depuis 1999)

- En 1999, une loi reconnaît l'existence d'une guerre d'Algérie : c'est la fin de 37 ans d'« amnésie officielle ». En 2003, une journée d'hommage national aux morts pour la France en Afrique du nord est fixée au 5 décembre.
- Grâce à un accès plus facile aux archives depuis 2001, des historiens comme Guy Pervillé et Raphaëlle Branche renouvellent l'histoire de la guerre.
- Cependant, le débat public est marqué par une « guerre des mémoires » : ainsi, en 2010, le film *Hors-la-loi* de Rachid Bouchareb, qui dénonce la répression des émeutes de Sétif, provoque la colère des pieds-noirs.

> **Bon à savoir**
> La loi sur les archives publiques impose un délai de 60 ans pour la consultation des documents classés « secret défense ».

Conclusion

[Bilan] Les mémoires de la guerre d'Algérie en France ont connu une évolution en trois étapes : d'une période d'amnésie officielle, on est passé à un réveil des mémoires, puis à une véritable « guerre des mémoires » liée à la reconnaissance officielle du conflit. **[Ouverture]** Côté algérien, l'émergence des mémoires est freinée par une mémoire officielle qui prétend souder toute la population autour d'un FLN très contesté.

OK

Comment la science-fiction aide-t-elle à penser les dangers qui menacent l'humanité ?

Introduction

[**Accroche**] L'inquiétude face aux évolutions de nos sociétés n'est pas nouvelle, mais elle s'intensifie au cours des XXe et XXIe siècles. [**Présentation du sujet**] La littérature de science-fiction s'empare de questionnements qui agitent les consciences, en explorant ce que nous pourrions devenir. Les récits se muent en machines à penser stimulantes, capables d'aiguiser le regard du lecteur sur le monde qui l'entoure. [**Formulation de la problématique**] J'ai choisi de m'interroger sur les ressources de la science-fiction pour penser les dangers qui menacent l'humanité. [**Annonce du plan**] Je montrerai d'abord comment la science-fiction tente d'anticiper les dérives possibles de nos sociétés actuelles ; j'envisagerai ensuite la manière dont le genre questionne notre vision du progrès.

I Anticiper les dérives de nos sociétés

La science-fiction s'appuie sur le réel, dont elle pousse à l'extrême certaines caractéristiques pour mieux réfléchir à leur impact.

- Les expériences politiques du XXe siècle nourrissent une littérature qui met en garde contre l'instauration d'États puissants qui broient l'individu. Dans *1984* (1949), George Orwell décrit un régime totalitaire incarné par l'inquiétant Big Brother : une police de la pensée rappelle des techniques de surveillance et de contrôle en germe dans nos propres sociétés.

- La littérature se fait l'écho d'angoisses liées à la dégradation des écosystèmes à cause des actions humaines. Dans *Sécheresse* (1964), James Graham Ballard imagine un monde dévasté par une pénurie d'eau.

- La science-fiction questionne les valeurs sur lesquelles se fondent nos sociétés et les buts qu'elles se fixent.

> **À noter**
> Aujourd'hui, la « *cli-fi* » (*climate fiction*) constitue un sous-genre de la science-fiction : elle présente un monde où la crise climatique et écologique a atteint un stade ultime, qui pose la question de la survie de l'être humain.

Dans *Ravage* de René Barjavel (1943), une immense panne d'électricité donne un brutal coup d'arrêt à une société arc-boutée sur la technique, dès lors forcée de revenir à l'essentiel.

[Transition] Si la littérature s'intéresse à l'évolution globale possible de nos sociétés, elle se focalise également sur la question du progrès humain.

II Questionner notre vision du progrès

La science-fiction esquisse des réflexions éthiques et existentielles sur le progrès humain, sur ses objectifs et sur les moyens de les atteindre.

- Le genre dénonce volontiers un certain engouement pour des inventions d'abord perçues comme des progrès, mais qui peuvent se retourner contre nous. Dans le cycle des *Robots* (1950-1985), Isaac Asimov s'interroge sur la place des humains par rapport aux robots dotés d'une forme d'intelligence aussi fascinante qu'inquiétante, susceptibles de prendre l'ascendant sur leurs propres créateurs.
- La science-fiction explore aussi les conséquences philosophiques d'une manipulation du vivant au nom du progrès social. Dans *Le Meilleur des mondes* (1932), Aldous Huxley décrit des êtres créés en laboratoire, conditionnés pour répondre à la priorité de l'État mondial : la stabilité. Les opérations menées sur certains embryons au profit d'une caste supérieure mettent en lumière le problème éthique de l'eugénisme. Cette dystopie montre combien la science doit être contrôlée.

Conclusion

[Bilan] La science-fiction ouvre des espaces de débat et aide à se prémunir des dangers qui nous menacent ; elle joue selon moi un rôle important dans l'éveil des consciences. C'est un outil séduisant pour penser le monde de demain, en dessinant des visions expérimentales du futur, entre imaginaire et possible. **[Ouverture]** La science-fiction inspire également les cinéastes, qui utilisent les ressources audiovisuelles pour enrichir la réflexion sur ces mondes imaginaires.

Citation

« L'imagination est plus importante que la connaissance. Car la connaissance est limitée, tandis que l'imagination englobe le monde entier, stimule le progrès, suscite l'évolution. » (Albert Einstein)

La guerre peut-elle être juste ?

Introduction

[Accroche] La guerre est une horreur qui ne devrait pas exister ; la justice est un idéal auquel on aspire. Il y aurait donc un paradoxe à dire que la guerre peut être juste. **[Présentation du sujet]** Nous considérons pourtant que certaines causes valent d'être défendues par les armes ; et si nous dénonçons les « guerres sales », c'est peut-être qu'il y en a des propres. **[Formulation de la problématique]** Je vais me demander s'il peut être légitime de faire la guerre et si un conflit armé peut être encadré par la légalité. **[Annonce du plan]** J'évoquerai d'abord les tentatives de justification de la guerre, puis je montrerai que celle-ci est incompatible avec le droit.

> **À noter**
> Votre plan doit refléter un chemin de pensée, mais aussi un parti que vous voulez défendre.

I La justification de la guerre

- La notion de conflit armé recouvre des réalités très différentes (échelle, mode d'action...) et répond à des objectifs tout aussi variés, certains étant sans aucun doute plus justes que d'autres : n'est-il pas légitime de combattre l'Allemagne nazie ou l'État islamique ? Comment blâmer les combattants républicains de la guerre civile espagnole que Malraux a célébrés dans *L'Espoir* ?

- Mais une guerre ne peut pas être qualifiée de juste seulement parce que sa cause est légitime, il faut encore qu'elle soit légale, c'est-à-dire conduite dans le respect de certaines règles et procédures. Et ce à plus forte raison lorsque des nations sont en guerre : car même en guerre, le rôle d'un État reste de formuler le droit et de le faire respecter.

- Le juriste hollandais Grotius distingue le « droit à la guerre » (*jus ad bellum*) et le « droit de la guerre » (*jus in bello*). Toutes les nations ont selon lui un droit égal à défendre leurs intérêts. Il ne faut pas se demander qui a raison, il faut surtout encadrer la manière dont les hostilités sont

> **Conseil**
> Évitez de construire le propos autour d'une suite d'exemples : il faut conceptualiser.

conduites : « le droit de la guerre, c'est ce qu'on peut faire sans injustice par rapport à un ennemi » (*Du droit de la guerre et de la paix*).

[Transition] Si cette position prend acte du caractère inévitable de la guerre, elle ne résout pas la question sur le fond : peut-on vraiment qualifier de « juste » la résolution d'un conflit par la violence ?

II La guerre et le droit

- Les « lois de la guerre » ne servent à rien puisqu'elles ne sont jamais respectées. Ce sont les guerres les plus récentes qui ont fait le plus de victimes parmi les civils et ont donné lieu aux pires atrocités (la barbarie nazie, le recours aux armes chimiques ou à la bombe atomique, les tortures, viols, mutilations, etc.). La guerre est toujours sale : c'est la leçon de Céline dans *Voyage au bout de la nuit*.
- La guerre est de toute façon la suspension du droit : ce n'est pas le plus juste qui gagne, mais le plus fort. Or la justice exclut la violence au bénéfice de la parole : dans un procès, chacune des parties en conflit est entendue et le juge tranche sur la base de règles communes.
- Dans son *Projet de paix perpétuelle,* Kant ambitionnait de rendre la guerre illégale en établissant une « société des nations » avec des instances de concertation, de décision et de jugement chargées de faire respecter le droit international. De nos jours, l'Organisation des Nations unies (ONU) ou le Tribunal pénal international (TPI) s'en inspirent, mais sans parvenir à garantir le respect d'un ordre mondial pacifié.

À noter

Le temps alloué à l'exposé ne vous permet pas de développer tous vos exemples, mais préparez-vous à donner des précisions lors de l'entretien avec le jury.

Conclusion

[Bilan] Même s'il peut y avoir des motifs louables d'entrer en guerre, on ne peut pas associer violence et justice. **[Ouverture]** C'est pourquoi le recours à des alternatives pacifiques, par la voie de la diplomatie ou même de pressions économiques, paraît toujours préférable dans l'attente d'un règlement des conflits internationaux par le droit.

AMC • Espace et frontières en Irlande du Nord

43

☐ OK

How does space in Northern Ireland reflect the troubled past?

Introduction

[Choix de la thématique] I am interested in Irish culture and history, in particular the history of Northern Ireland. That is why I have decided to tackle the topic of Northern Ireland related to the notion of "Space and Borders". **[Problématique]** The question I have chosen to focus on is: How does space in Northern Ireland reflect the troubled past? **[Définition des termes clés]** "Troubled past" refers to the long-standing conflicts between Catholic nationalists and Protestant unionists. **[Annonce du plan]** So, first I will analyse how the division of Ireland triggered off fights over territory during the Troubles and then, I will show how the legacy of this troubled past is still visible today.

I Fighting over territory

- For centuries, there was strong opposition to British rule from a large part of the Irish people, which led to the partition of Ireland in 1921. The Irish Free State was created and later became the Republic of Ireland in 1948, while Northern Ireland remained part of the UK. This partition sowed the seeds of sectarian violence.

Citation

"Ireland is a country united by geography and divided by history" (Ronan McGreevy, in *The Irish Times*)

- Violence peaked during the Troubles (1968-1998): nationalist Catholics were in favour of the reunification of Ireland whereas loyalist and unionist Protestants supported British governance.
- The period was marked by the deployment of the British Army and some key events, like Bloody Sunday (1972) when Catholics were killed by British troops during a march in Derry, or Bobby Sands' hunger strike in 1981. Throughout the Troubles, the IRA launched bomb attacks.
- The conflict created boundaries within Ulster (Northern Ireland) and within its cities. Separation barriers, also known as peace lines or peace walls, were built, thus fracturing urban space. This particularly happened in Belfast or Derry, called Londonderry by loyalists. There

was a famous peace wall between nationalist Falls Road and unionist Shankill Road in West Belfast.

[Transition] Space still bears the scars of the conflict today: in Belfast or Derry, you can feel the gap between the two communities.

II The legacy of the past

- In many Ulster cities, people tend to live within same-religion districts: republican and nationalist Catholic neighbourhoods versus loyalist and unionist Protestant areas.

- Many murals testify to political and religious divisions. For example, Bobby Sand's mural on Falls Road, Belfast, pays tribute to the IRA leader who died in prison, while in South Belfast, a mural reads "You are now entering loyalist Sandy Row". It shows that each side claims their own territory.

- Similarly, parades, an important part of Northern Irish culture, reflect the division between communities. "The Twelfth", held on 12 July, celebrates the Protestant victory of the Battle of the Boyne (1690). Conversely, the Republicans organise their own parades to commemorate key events like the Easter Rising against British rule (1916).

- Still, both communities strive to cohabit by "living apart together". They are working towards integration with shared neighbourhood programmes aimed at improving relations. In North Belfast for example, peace gates have been opened in walls, so people from divided areas can meet.

Conclusion

[Bilan] This long-lasting conflict between nationalist Catholics and loyalist Protestants left a deep mark on the territory of Northern Ireland. Space was fractured between the two communities and although there has been progress towards integration, we can still see divisions, in particular in urban areas. **[Ouverture]** However, in an article dated Jan 11, 2021 from *The Irish Times*, the journalist foresees the probability of a referendum on Irish unity: if the border between Eire and Ulster disappears, will space in Northern Ireland be unified in spite of its troubled past?

What vision of transhumanism do art and literature convey?

Introduction

[**Choix de la thématique**] I have chosen to focus on the topic of transhumanism because it raises questions about our common future and appeals to my imagination. [**Définition du terme**] The Latin prefix '*trans*' means 'across, over, beyond'. So 'transhuman' means 'transcending human limits', that is to say modifying humans with new technology, to enhance their physical or mental skills; for example, making them more clever, stronger, immortal, and so on. [**Formulation de la problématique**] Therefore, I will try and answer the following question: what vision of transhumanism do art and literature convey? [**Annonce du plan**] First, I will explain how some writers have attempted to push the boundaries through their visionary art. Then, I will show their production is mainly dystopian as they debunk the myth of transhumanism.

I Visionary art: pushing the boundaries

- Some forerunners had a clear insight into the future of mankind at an early period. For instance, in *Frankenstein: or, The Modern Prometheus* (1818), Mary Shelley used the myth of Prometheus to imagine the first transhuman creature with Frankenstein's monster. Besides, this novel is considered to be the first piece of science fiction writing.
- In many science fiction works, what is at stake is the creation of a superhuman whose skills are enhanced. They feature societies or characters who intend to challenge God by going beyond human nature and reaching immortality. In that respect, they mirror man's quest for an upgraded condition and everlasting life.
- Today, those issues are all the more present as transhumanism is about to come true thanks to scientific research. Mark O'Connell gives an insight into transhumanist advances with his essay: *To Be a Machine* (2017). Many recent sci-fi films or series have also tackled the topic, like the *Terminator* saga (from 1984 to 2015) and some episodes of *Black Mirror*, the Netflix series.

[**Transition**] Transhumanism is undoubtedly an inspirational subject and yet, art and literature mainly highlight its darker sides.

II Dystopian art: debunking the myth of transhumanism

- Indeed, very few utopian books or films have been released on that topic. The best example of dystopia for its message and its aesthetics is *Blade Runner* in its two versions (1982 and 2017): they both show a dark, violent and decaying world with so-called 'replicants' that are either enslaved or hunted down by humans. In this case, humans are desperately trying to keep their human-like creatures under control.

- In *Frankenstein*, the doctor's will to be god-like leads to disaster instead of progress. The manipulation of genes gives way to eugenics in *Gattaca* (Andrew Niccol, 1997). A totalitarian society is portrayed in *Brave New World* (Aldous Huxley, 1932). In such societies, freedom is denied or controlled. The ultimate nightmare is machines outsmarting humans and coming to power. *Ex-Machina* (Alex Garland, 2015) illustrates that threat in a very clear-sighted way.

- The overall message is that mankind should keep their ambitions and advances within limits and think twice about transcending human nature since it could lead to actual dehumanisation.

Conseil

Ne citez que des références culturelles que vous maîtrisez, car elles pourront faire l'objet de questions d'approfondissement de la part du jury.

Conclusion

[Bilan] Art and literature are often insightful as to the vision of the future. It is the case with the depiction of a society based on transhumanism. However, this vision is biased as it emphasizes only the drawbacks and negative outcomes of such a scientific breakthrough, to make us think about the restraints that should be imposed on science.
[Ouverture] Besides, the message conveyed is sometimes heard by scientists, investors and entrepreneurs: although they are involved in anti-ageing, bioengineering and AI research, even people like Elon Musk are led to question their quest. In that respect, couldn't we say that literature and art both foresee and influence our future?

À noter

Le sujet du transhumanisme pourrait également être abordé en AMC dans le cadre de la thématique « Savoirs, création, innovation » de la classe de première : vous l'aborderez alors sous l'angle des avancées scientifiques, techniques et technologiques et évoquerez les enjeux économiques, sociaux et éthiques.

Le calendrier de Parcoursup

Novembre	**Ouverture de Parcoursup** Commencer à se renseigner sur les différentes formations.
Décembre	**1er conseil de classe** Remplir la fiche de dialogue pour présenter vos « intentions d'orientation ».
Janvier	**Ouverture des inscriptions** Commencer à saisir vos vœux.
Mars	**Fin de la saisie des vœux** (jusqu'à 10 maximum).
Début avril	**Clôture des inscriptions** Vos dossiers doivent être finalisés.
De mai à mi-juillet	**1re phase de réponses** « Oui », « Oui si », « Oui en attente d'une place » ou « Refusé·e ».
Jusqu'en septembre	**2e phase de réponses** (pour celles et ceux encore en attente de formation).

parcoursup
Entrez dans l'enseignement supérieur

Achevé d´imprimer en Espagne par Grafo à Basauri
Dépôt légal: n° 10473-0/01 - Novembre 2023

PAPIER CERTIFIÉ

s'engage pour l'environnement en réduisant l'empreinte carbone de ses livres. Celle de cet exemplaire est de :
450 g éq. CO_2
Rendez-vous sur www.hatier-durable.fr